文春文庫

受難

姫野カオルコ

文藝春秋

目次

受難

第一章　乙女の祈り

「いや、やめて、古賀さん」

ベッドのなかで恥も外聞もなく、彼女は身をよじった。

そう。恥だ。

いや、やめて、
などというセリフは。

このセリフはいちじるしく媚びている。ましてや、そんなセリフを吐きながら、身をよじる、など、媚び媚びの媚び媚びで、イエズアの教えに反した、とんでもない不潔な行為だ。孔子の教えにも反した、とんでもない不道徳な行為だ。

いや、やめて。

これほど淫《みだ》らで公序良俗を乱し、エログロを助長する挑発的なもの言いが、他にあるだろうか、ない。修辞疑問。

汝らよ、試みてみよ。もし、汝が女であるならば、声に出して言ってみよ。もし、汝が男であるならば、女が汝の下で言っていると想像しつつ、声に出して言ってみよ。いや、やめて。いや、やめて。いや、いや。いや、やめて。いや、やめて。やめて、やめて、いや、いや。つづけて片仮名で言ってみよ。イヤッ、イヤッ。ヤメテ、イヤッ、イヤッ。

言ってみた結果はどうか。イエズアの教えに反していると畏れる彼女の心情はコンセンサスを得るはずである。

「お願い、もう……、もう……。どうかもう、やめて、古賀さん」

彼女は涙を目ににじませて、言った。恥も外聞もない。本当にやめてほしかったのだ。古賀さんとさよならしたかったのだ。

「キキキ、だめだ」

古賀さんは低い声で笑いながら拒否した。

「キキキ、おまえは俺の命令から逃れられないのだ」

古賀さんは、古い木戸が開閉するさいにきしむ音のような声で笑う。その笑い方も恐ろしかった。

「〝いや、やめて〟の真意は、〝もっとやって〟である」

「いいえ、ほんとにやめてほしいの」

「嘘だ。さあ、早く、俺の言ったとおりにするんだ。ぐずぐずするな」

古賀さんはキキキ、キキキと催促する。

「いいえ、ほんとにもう……。ほんとにもう私、疲れたの。とっても疲れてしまって、じっとしてたいの」

古賀さんのために、彼女はこの一年、ずっと睡眠時間が三時間を切っていて、へとへとだった。

「ふん、だらしのない。そんなことだからおまえはダメな女なんだよ」

「ごめんなさい」

「ダメな女というのはまちがってるな。言いなおそう。おまえは女としてダメだ」

「ごめんなさい」

古賀さんの言うことは真実で、彼女はほんとうに女としてダメなのだった。女の欠陥品なのだった。

「おまえはどんな男からも愛されない。まったくのダメ女だ」

ダメ女、ダメ女、ダメ女、ダメ女、ダメ女、ダメ女、ダメ女と、古賀さんは七回も、先の二回を加えると九回も、言った。

古賀さんに言われて彼女は、

♪ダーメ、ダメ、ダメ女、おんなー、おんなー、ダーメ、ダメ、ダメ、ダメ女♪

と、筋肉少女帯《きんにくしょうじょたい》の歌を、替え歌でうたった。うたった上に踊った。

「ばかやろう。うたって踊ってる場合か」

古賀さんが怒鳴った。

「だって、この歌、『踊るダメ人間』って題なんだもの……」

「とにかく踊るな、それにうたうな。ダメ女と言われたらかなしめ！　だからおまえはダメなんだよ」

「かなしんでるよ……」

「おまえのかなしみの表現はまちがっている。だから女としてダメなんだ」

もういい、と、古賀さんは黙ってしまった。彼女はもそもそとシーツと毛布を直し、ベッドに横たわった。

古賀さんは寝たようなので、彼女は、ほう、とため息をつき、うす暗い寝室の天井を、まぶたを半分閉じて見ていた。

古賀さん、と彼女が仮に呼んでいるのは人間ではない。で、き、も、の、である。

＊

さいしょ、できものは彼女の左の上腕の裏にできた。三年ほど前のことである。虫に刺されたわけでも、毒のある植物に触れたわけでもないのに、できものができたのは、では、刺激の強い食べ物を食べたせいだろう、そうだ、神保町へ行ったとき辛いカレーを食べたから、そのせいだ、と思った。

できものは、ほっき貝の身の部分くらいの大きさで、色はほっき貝に熱を加えたときのようであった。

できもの、といっても隆起はしておらず、どちらかといえば痣《あざ》のようなかんじもした。いずれにせよ、こうした類のものは気味が悪いので、すぐに皮膚科に行った。

だが、病院の待合室で待っているあいだには、たしかに腕にできもののある感触が依然あったにもかかわらず、

「どうしました？」

と、医師に問われ、

「はい。じつはここに原因不明のできものが……」

と、シャツを脱いだところ、消えているのである。

「どこですかな？」

医師はふしぎそうに彼女に訊《き》く。

「あれえ、へんだなあ」

彼女もふしぎそうに答える。

しかたなく帰宅すると、また腕にはくっきりとできものができている。

それで、翌日はかっこわるいので別の病院に行った。するとまた、診察の段になると、できものは消えていて、帰宅すると再発している。

このパターンが十回もつづいた。つづくうちに、どんどんできものは濃くなり、盛り上がり、盛り上がったかたちが人の顔のようになってきた。

「なによ、なによ……。なんだっていうの。気味が悪い」

すがる思いで友人のオリ江に自分の腕を見せた。

「きゃーっ、気持ちわるーい。伝染《うつ》るんじゃないでしょうね」

オリ江は叫んだだけで解決策はなにも提示せず、そそくさと帰ってしまった。

「オリ江ぇ」

ぽつねんと取り残されて、彼女はシャツの袖を下ろした。つづいてアン子とノン子と、それからモア代とウィズ美にも相談したが、似たような反応だった。

「しかたあるまい。こんな相談ごと、されたところで困るものね」

そのうち治るだろうと、なるべくできもののことは考えないように、見ないようにした。しかし、日を追うごとにできものは、その形状がしっかりしたものになっている感触がある。

「………」

ある霧雨の夜、おそるおそるシャツを脱ぎ、そうっと腕を顔に近づけたところ、できものとばっちり目が合った。

「ひゃあっ」

早くに両親と死別し、きょうだいを持たない彼女は戒律厳しい修道院で育った。そのためか、一人で行動し、一人で生活し、一人でいることに慣れ、たいていのことにはたじろがない習性を身につけていた。オリ江もアン子もノン子もモア代もウィズ美も、そんな彼女をフランチェス子と呼ぶくらいである。そのフランチェス子も、こんなものと目が合っては、さすがに叫んでしまった。叫んだばかりでなく、腰を抜かした。

できものの目は、たしかにぎろりと動いてフランチェス子の目を見たのである。

「ひゃあっ、ひゃあっ」

フランチェス子は左腕を持ち上げたまま、尻と右腕でずるる、ずるると畳を後退した。左腕を投げ捨てたかったが、自分の身体の一部とあってはそうもいかない。

「た、た、助けてー。か、神様ー」

多くの日本人の場合、こうしたときの〝神様ー〟はたんなる語呂あわせ的なものかもしれぬが、フランチェス子は日本人には珍しく、骨の髄から〝神様ー〟と呼んでいる。壁に設置したキリスト棚からロザリオと十字架を取り、右手に持って、

「助けて。神様、マリア様」

と、左腕に向けた。

すると、さらにおそろしいことに、

「わはははは」

できものが笑うではないか。

すでに腰を抜かしているため、これ以上腰を抜かすこともできず、

「ホサナ、ホサナ、ホサナ、ホサナ」

かすれた声で祈りを唱えた。

「わはははは。俺はカトリックじゃないからそんなものは通用せぬ」

「ああ、ではどうすれば……」

ダンウィッチにたった一人立たされているような心境である。額から汗が噴き出しているのがフランチェス子自身にもわかる。

「イエズアがどうした。マリアがどうした」

できものは口を開き、十字架に向かってぺっと唾《つば》（のようなもの）を吐いた。フランチェス子の全身に鳥肌がたった。できものが唾（のようなもの）を吐くのもおそろしかったが、十字架に向かってそんなことをすることや、神を罵《のの》ることがおそろしくておそろしくて、それはもうおそろしかった。

「では、では、南無阿弥陀仏」

あとで考えれば浅はかだが、そのときはこのできものは仏教なのかと、フランチェス子は真剣に思ったのだ。

「わははははは。そんなもの糞くらえだ」

「ひ、ひえーっ。南無妙法蓮華経」

では新教なのかと唱えてみた。線香を持っていなかったので、インドの小物を売っている店で買った『タージマハール』というお香に火をつけた。インドはもともと仏教の発祥地だから、禅宗系でも浄土宗系でも日蓮宗系でも妙心寺派でも大谷派でもなんでもカバーしているだろう。

「ふふん」

できものは残忍冷酷なふうな目でフランチェス子を見、その残忍冷酷なふうから彼女は子供のときに読んだ『アリババと四十人の盗賊』のなかに出てきたモルギアナという女性を思い出した。盗賊が隠れている甕《かめ》にモルギアナは煮えたぎった油を注いで殺すのである。いくら準主人公とはいえすごい思考だ。モルギアナから、フランチェス子はできものへの対処を変更し、

「アラー」

と、玄関マットの上で上半身を折った。目には目をのアラブ的対処をしたつもりだったが、できものの目の光はますます残忍冷酷になるばかりで、フランチェス子は恐怖のあまりに混乱し、左腕を上げたまま、本棚の本をかたっぱしから床に投げた。投げているなかに古い雑誌があり、投げたひょうしにページが開き、そこに布施明の写真があったので、それをできものに近づけた。イスラム教がだめならヒンズー教だと思ったのだ。

恐怖のあまりの、ねじまがった発想だったが、

「なんだ、これは」

と、意外にもできものはおだやかな声になり、心なしかほほえみを浮かべている。

「ふ、布施明です」

「それをなんで俺に見せるのだ」

「布施明は前にオリビア・ハッセーと結婚してて、たしかオリビア・ハッセーはヒンズー教だったはずだと思って」

「ばかじゃないのか、おまえは。オリビア・ハッセーがヒンズー教だったからといってそれがどうした。ましてや先夫の写真を俺に見せてどうなる」

「まあちょっと落ちついたらどうだ。俺は世に言う人面瘡ってやつさ」

舌うち（のようなこと）をしたものの、声音はおだやかさを増している。

「人面瘡、ですか」

やや、ではあるが脈拍がダウンする。

「そう。人面瘡。人面瘡ができてしまったからにはしかたがないぜ。これもなにかの縁とあきらめるんだな」

「なにかの縁？」

いったいなんの縁というのか。小学生のときに『のろいの顔がチチチとまた呼ぶ』という人面瘡をテーマにした恐怖漫画を、シスターに隠れて読んだことがあったが、その縁とでもいうのか。しかしその漫画なら、フランチェス子だけでなく他の子供も大勢読んだはずだ。

「おまえは人面瘡ができたんだ。その事実だけが事実さ。それが人生というもの《セ・ラ・ヴィー》さ」

フランス語をまじえて人面瘡は言う。

「おまえの前はフランス人に巣くってたんだ。イボンヌという三十四歳の女子銀行員で、これがもうとんでもないやつで」

女としてハシにも棒にもかからんってやつさ、と人面瘡は酷薄そうなくちびるの端を侮蔑をこめて上げた。

「パリのラタン区に一人で住んでいやがってよ。けっこういいアパルトマンだった。髪はキャメルで瞳はヘーゼル。1/4北欧って言ってたな。蠟《ろう》人形みたいな白い肌をして、睫毛《まつげ》が長い。口元にほくろが一個あって、これがキワドイ。で、さいしょはそのほくろのすぐ横に住まわせてもらうことにしたんだが、手狭でね、そこはあきらめた。むっちりとした身体つきに比べて異様なほどウエストと足首の細い女で、なんでこんなやつが銀行員なんかやってるんだろうって外見をしてたが、これがフランス一のダメ女。色気のイの字もない冷感症の女で、冷感症ってのはフランス語でなんてったっけなあ、忘れちまったが、そりゃこいつなら金の計算をまかしといても大安心よってやつだった」

イボンヌは人面瘡と別れるときにアデューと言ったそうである。

「ひとつフランスの格言をおしえてやろうか。〝処女を長く守る女には悪魔が宿る〟ってさ」

「なるほど。それが人生というものなのかもしれません……」

「ほほう。やけに悟りが早いんだな、おまえは」

「だって、イボンヌさんだって好きで冷感症になったわけじゃなかろうにと思うと、もののあはれを感じるではないですか」

言った瞬間は、なかなか洒脱でさりげない返答ができたと悦に入ったが、すぐにむなしくなり、むなしさはフランチェス子の心の抑制装置を解除した。彼女の目から涙が一気に噴出した。会ったこともないイボンヌさんがなぜかフランチェス子を泣かせるのだった。

泣いているうちに、喉がひっくひっくと痙攣《けいれん》しはじめた。

「私は……、修道院でいい子にしてたわ。つらいことがあってもがまんしたわ。イヤなことがあってもこらえたわ。修道院でしつけられた戒律を、修道院を出てからも守って暮らし、フランチェス子と人から呼ばれるほどに地味にひっそりと暮らしてきた……華美なことはいっさいせず、毎日夜露がしのげる部屋があるだけで幸せと、多くを望まず……驕《おご》ってはなるまじといつもいつも自分を諌《いさ》めてきたわ……その挙げ句に、その挙げ句に、できたものは……できたものは男じゃなくて人面瘡だなんて……だなんて……」

ワアワアとはばかりなくフランチェス子は泣いた。思えば、こんなふうに泣いたことが今までなかった。

ここまで泣くと、すこしは人面瘡も気の毒に思ってくれるのではないかという甘えが、心のどこかにあったのかもしれない。甘かった。

「ぐはははは。泣け、泣け、もっと泣け。おまえは女としてダメだから俺みたいなのができるんだ。もっと反省して泣け」

人面瘡はキキキと笑い、フランチェス子の顔に唾（のようなもの）をとばした。

「結局、貞節を守るような女ってのはな、貞節を、守れる、から貞節なんだ。守ってるんじゃねえんだ。守れるだけなんだ。男からセックスを望まれるような女なら貞節は守れないだろうが。女としてダメだから貞節を守れるんだ、キキキキキ」

人面瘡の笑い声はボニーとクライドを撃つマシンガンのようにフランチェス子の心を穴だらけにした。

「エーン、エーン」

彼の言うことは真実なので言い返すこともできず、彼女はせめてもの抵抗に布施明の写真を彼に近よせた。すると、

「まあ、フランチェス子とやら、そういうわけだから、おまえもここらで考えを変えて、俺と快適な共存生活にふみきったほうがいいと思うよ」

と、人面瘡の声はおだやかになる。やっぱり人面瘡にはヒンズー教が、多少は効くのかもしれない。

「今だ」

人面瘡から甘くない仕打ちを受けたのだ。目には目を歯には歯を。これはヒンズー教の宗旨とはちがったような気がしたが、ためらっている暇はない。フランチェス子は布施明のページをぎゅううううっと人面瘡に押しつけた。

うぐぐう、と苦しそうな息をしたのち、人面瘡はまぶたを閉じ、だらりと口を開けた。

「おい、人面瘡」

呼んでみる。返事はない。死んだのか。念のために布施明のページを切り取り、人面瘡の口につっこみ、包帯をして、霧雨のその夜、フランチェス子はともかくも寝た。

翌日、ふるえながら包帯をとってみた。くしゃくしゃになった布施明のページがぺらんと落ち、腕からはきれいに人面瘡は消えていた。あとかたもない。

ほっとしたのもつかのまである。おそろしい一夜の寝汗を流そうと、シャワーを浴びている彼女を、人面瘡が呼んだのだ。

「おい、フランチェス子、俺は生きてるぜ」

きゃあ、も出なかった。絶句した。彼はフランチェス子の股間に嵌《は》まっている（らしい）。股のあいだから彼女に話しかけるのである。

「………」

「こんなところに俺がいてはおまえのおまんこは使えないが、なあに、不便はあるまい。どうせだれも使っちゃくれないんだから」

「………」

人面瘡の言うことは、いちいち真実であった。フランチェス子はなにも言い返せない。

「ゆうべ話したイボンヌのことだけどよ、ほくろの近くは手狭だったたって言ったろ。その先を教えてなかったたな。俺はおっぱいにできてやったんだよ。37インチはあろうってパイパイで、くびれたウエストとの対照でもって名状しがたい住み心地だったが、こいつもおまえとおんなじで、俺がそこに住んでたたって何の不便もないやつだっただからさ、ぐははは。貞節万歳」

「……貞節万歳」

鸚鵡《おうむ》返しにしょんぼりと、フランチェス子は答えた。

＊

そういうわけで、月日を重ねておまんこに住まわせていると、フランチェス子も人面瘡もしだいにうちとけてきて、彼女は彼のことを古賀さんと呼ぶようになった。

なんで古賀さんになったかというと、件《くだん》の恐怖漫画『のろいの顔がチチチとまた呼ぶ』の作者が古賀新一という人だったので、なんとなくいつのまにか古賀さんになってしまったのだ。

住んでいるところが住んでいるところなので、はじめのころは、おしっこをするときや生理のとき、古賀さんに迷惑がかかるのではないかと気をつかったものだが、おしっこに関しては問題はなかった。尿道の下に位置して古賀さんは住んでいた。そこでおもに気づかいは生理時であったが、もともとフランチェス子はおまんこを自由自在に動かすことができる特技・技能を持っていたため、血液が古賀さんの目から外部に出るように膣を蠕動《ぜんどう》させて、結局、日常生活にはなんらの支障はなかった。すくなくとも二年間は。

「フランチェス子は器用なんだな」

「おまんこだけ」

「ひとつ器用なところがありゃ充分だ」

「どうも」

「腹がへったんだが」

「待ってて、今、用意するから」

「いちごかきゅうりでいいよ」

「うん」

ビタミンCの多いいちごとさっぱりしたきゅうりが古賀さんの好物である。いちごときゅうりは廉価なので、古賀さんと二人暮らしになっても、食費はほとんどかさまずにすんでいた。食事のたびにパンティをおろさなくてはならないのがちょっと面倒だったのと、オリ江やアン子たちと外食をするときなどはトイレで古賀さんにも食べさせてあげなくてはならないのがちょっと手間がかかった。

それと、

「フランチェス子って、ときどきうつむいてなにかしゃべっているのね。それ、変わった癖ね」

「そうそう。それにときどき下腹のあたりから低い声で話すときがあるのね」

などと指摘されたりするとき、てきとうにごまかす必要もあった。
それでも、
「でも、フランチェス子は前より顔の表情がよくなったわ」
「わたしもそう思うわ。前は顔つきがちょっとさびしそうっていうか、かたくなってい
うか、そんな表情だったけどね」
「そうよ。それこそ名前のとおり、荒野の教会に住んでいる修道士みたいなかんじの表
情だったけれど、それがやわらかくなったわ」
などと言われたのは、古賀さんができてからである。
そのうえ、フランチェス子はコンピューター相手の仕事に夢中だったし、プログラマ
ーとして業界ではそれなりの実績もあげつつあり、よいソフトを作り上げたときなど、
古賀さんもいっしょになって喜んでくれた。古賀さんと同棲するまではプログラミング
の初期段階のあじけないデータ入力作業もたったひとりきりだったから、
「ああ、いやになっちゃうな。細かいデータが山ほどあって」
と、キーボードを叩きながら話しかければ、
「ま、お堅いだけがとりえなおまえに向いた仕事だよ」
と、古賀さんが、ことばづかいは悪いなりにも答えてくれる、それだけのことで、ず

いぶんとフランチェス子の心はやすらかになった。おおむね、ふたりはうまくいっていた。すくなくとも二年間は。

古賀さんとフランチェス子のあいだに風が吹きはじめたのは、同棲が三年目に入ってしばらくしたころからである。

「西急スーパーのものはまずい。真希田屋のやつを買ってきてくれ」

まず、食事内容に古賀さんは文句をつけるようになった。

「もっとも真希田屋も味が落ちたがな。この沿線じゃあ、あそこのが一番うまいし、品ぞろえもいい」

フランチェス子はいたって静かに暮らしている人間で、どだいが派手な遊びをしないし、同棲が三年目にはいったころからは仕事が急激に忙しくなり、ウィズ美やノン子たちとさえ遊びにでかけることがなかった。したがって、古賀さんは食べることだけがたのしみとなり、みるみる舌が肥えてゆき、食事のメニューのみならず、品物を仕入れる店まで指定するようになってきた。

「今、仕事中だから待ってて」

「はん、いつになるやら。なんせおまえはぐずだからな」

あいづちにもいちいち険があるようになった。

「日がな一日、コンピューターの画面と向かいあって、背中丸めてブラウン管にかじりついて、口紅のひとつ塗るわけでもなく、仕事の注文以外、電話すらかかっちゃこない。え、たのしいかい？　こんな生活がよ」

笑い声も、キキキ、と木戸がきしむようなものになった。

「そんなこといったって、仕事の注文がくるのは幸いなことよ」

「はあはあ、さようで。そりゃけっこうなこった。そりゃ、けっこうなこったけどよ、家のなかにぢーっと閉じこもってるばっかで、おもしろいゲームなんか作れると思ってんのか、え？」

「自分ができないことでも画面のなかでならできるんじゃないの」

ちょうどそのときフランチェス子は、王子が魔王につかまったお姫様を助けにいくゲームを作っていた。

「そんな王子はいねえよ。いくら美人が待ってるからって、なにを好きこのんでそんなめんどうに首つっこまなくちゃなんねえの。とくに第四ステージなんかヒドイぜ。敵の撃ってくる弾が王子の持ち分の四倍なんて、こんなのクリアーできるかい。第五ステージなんか弾をよけて相手を撃ちながら算数クイズに答えなくてはならないじゃねえか、こんなの無理だよ」

「今の子はゲーム慣れしてるからこれくらい迫力がないとおもしろがらないのよ」

「いいや、俺は思わん。そのソフトは売れないね。あるていど見込みがあってこそすべてのゲームはたのしいんだ。わかんないのか、そんなこと。発想が古いよ。いくら宇宙を出そうが算数クイズを出そうが、根底の発想が古い。古い、古い」

サンヨウチュウくらい古い頭の女め、と古賀さんはフランチェス子を罵る。

「エロも愛も闘いも勝利も、なんでもセットですみやかに入手できる時代にそんな手間暇かけて女を抱きに行く男がいるか。昔だっていなかったよ。だからおまえはダメなんだ」

「抱きに行くんじゃないもん。助けに行くんだもん」

「助けてから抱くんだろ」

「よりそって語りあうんだもん」

「語りあう？　王子と王女がいったいなにを語りあうっての。なんだもうこんなに濡れてるじゃないか。いやいや、おっしゃらないで。ぼくが来るまで待てなくて魔王とヤッたんだろう。そ、そんなこと。そうかヤッたんだな、あいつはどんなふうにしてヤルんだ。アアン、そ、そんなことォ。首が三本もあるんだからキスしながら乳首を吸いながらおまんこも舐められるからさぞかしよかっただろう。し、知らないィ。知らないだと、語るにおちたな、王女。知らないってことは知ってるってことだ。ひどいわ、誘導尋問だわ、ア、ア、ア……なんて会話が〝語る〟かよ」

「そんな会話はしないもん」

「そんな会話くらいしかすることねえだろ、セックスしてるときにあえてしゃべれと言われたら」

「セックスしないもん」

「それはおまえだろ。それに、しないもん、じゃなくて、できないもん、だろうが、ダメ女。王子と王女はするんだよ」

「しないもん。これ見てよ、ビジュアルの人が送ってきたイラスト。魔王の胴体は虎に描いてるんだもん。胴体が虎なんだからペニスも虎だから、王子は自分が誘導尋問しといて、虎のと自分のとを比べて自分で挫折するのよ。自分が短小だと王女に知られるのは王子のプライドにかかわるから、それならいっそさいしょからセックスしないほうが傷つかないって自己防衛規制心理でもって、よってセックスはしないもん」

「するよ。王子はそう考えたとしても、王女はそうはいかんぞ。女のほうが性欲は強いんだから。ましてや魔王に長いあいだ囚われていたんなら、よけいに強くなってるぜ」

「ならないもん。王女だからえーかっこしいだから、王子から来なけりゃ自分からは行かないから、よって二人はセックスしません」

「そんで語りあうっての？」

「そう」

「趣味は何ですか、とか？　車は何をお持ちですか、とか？　あ、王子だから馬車に乗ってんのか、馬車は何頭だてですか、とか？」

「そうよ。おたくの国のおもな資源は何ですか、石油は産出しましたっけ、とか、社会福祉の状況はいかがですか、とかよ」

「くだらん。ぜったい売れねえよ、そんなソフト」

そんなことより早くめしのしたくをしろ、と古賀さんはがちがちと歯ぎしりをした。

「やめて。暴れないで。キーボードを押しまちがえるから」

フランチェス子はおまんこの左半分をしめつけて、古賀さんの左頬を叩いた。

「痛えな。腹がへったといったらへったんだよ、早く食わせろ」

古賀さんは歯ぎしりをやめない。いちごやきゅうりですんだころは古賀さんに食べさせながら仕事もできたが、すっかり舌の肥えた古賀さんは、シーフードが好みになり、これだと食べさせるのに手間がかかるのである。

「しかたがないわ、待ってて、今用意するから」

「真希田屋のやつが食いたい」

「冷凍してあるから」

「冷凍はいやだ」

「わがまま言わないで」

電子レンジの前でフランチェス子はパンティをおろし、古賀さんに乱暴に食べさせた。

「愛情がない。もっと繊細にかつ濃密に挿入できんのか」

「愛なんてそんなものがこの世にあるかい、と言ったのは古賀さんでしょう」

「ふん。そういうことだけは悟りが早くて、だからおまえはダメなんだよ。女が本来的に持っているようなたおやかさややさしさというものがない」

「はん。だから私に住んでるくせに。あなた、ほんとにかわいいやさしい女の人とは住めやしないんでしょう。そういう女の人はあなたのことをひたすらおぞましがるからね。言っとくけど、私だからやっていけるのよ」

「なんだと、ああだ」

「なによ、こうだ」

「いい気になるなよ、こうだ」

「なにすんのよ、ああだ」

フランチェス子はおまんこを縦横左右に動かして締め上げて古賀さんとなぐりあいの喧嘩をした。

喧嘩は疲れる。あまりに疲れると、怒りよりもかなしさのほうが大きくなる。

この一年というもの、フランチェス子と古賀さんは喧嘩ばかりして、フランチェス子は疲れてしだいになにも言い返せなくなり、それをいいことに古賀さんは彼女を罵りたおす。罵りの表現はさまざまだが、ようするに、フランチェス子が女として無価値である、という主旨だ。そしてそれに対し、フランチェス子はなんら返すことばがなく、彼女はますます疲れ果てていくのだった。

＊

古賀さんは熟睡しているのだろうか。股のあいだは静かである。

「今夜こそ朝まで寝たいわ。二時間おきに古賀さんに起こされるような眠り方は、もういや……もう、ほんとにいや……」

うすぐらい寝室の天井を見ていたフランチェス子の、半開きになっていたまぶたは全部閉じられた。

ゆっくり寝たい。フランチェス子は切望していた。古賀さんが彼女を起こすのは、彼女にオナニーさせるためである。

即金力のあるアダルト向きの妙なゲームを、以前、作ったことがあって、資料として見させられたビデオやポルノグラフィーのなかには、たびたび、

「ほら、ぼくの前で自分を慰めてごらん。恥ずかしい部分を自分でさわっているきみのすがたを見てみたいんだよ」

とかいうような場面があったが、あれとはまったく質が異なる。だいたい、きみの恥ずかしい部分が見たいなどと言ったって、古賀さんはフランチェス子のおまんこに住んでいるわけだし、それに、肉体の部位で恥ずかしいといえば彼女の場合は性器ではなくて乳房だし、そのあたりはやっぱりカトリックの修道院で育ったからだねと思う人も多いかもしれぬが、もちろんそれもあるだろうが、それ以上に彼女は乳房が１０９センチで外開きなので恥ずかしく、それにそれになんといっても、フランチェス子のオナニーのやり方だとおまんこを指でさわらない。

古賀さんが彼女にオナニーをさせるのは、

「女として無価値な者は猿のようにオナニーするくらいしか能がないと知れ」

という主張からなのだ。古賀さんの罵りの中でも最も罵り度の高い罵りのひとつがこ

れだった。

女として無価値。それはどういうことか。たとえば、ある男とある女が会ったとする。たとえば、だれかからの紹介で、仕事の関係で、花屋の角でぶつかって、出張に行く電車のなかで隣の席同士になって、ある男はある女と会う。会ったときに「あ、ヤリたい」と男が思う女が女として価値があるということである。男がそう欲望すること、それが女として価値があるということである。これ以上、的確にして真実なる説明はない。「あ、ヤリたい」と思うこと。これは、ヤレるように算段することではない。ヤッている空想をしてむふふふとすることでもなく、ヤランとして花束を贈ることでもない。実際にヤルかどうか以前に在《あ》って、しかし、「あ、ヤリたい」と思うベクトルの超微小な発起点のことである。偽善に満ちた表現に直すと「あ、かんじのいい人だな」である。

異論を唱える人がいたら、その人は真実を直視することを避けている（＝偽善者）か、もしくは、直視する能力がないのである。

「それでも地球はまわっているのだがなあ」

と、異端審問所から断罪されてもつぶやいたガリレオよ、真実は真実だったのだよね。あなたの時代はカトリック教会がいびつに力を持ちすぎていた。フランチェス子が育った修道院では、ちゃんと地球は自転していると教えていたからね。真実を見なさいと。

真実を証明するためにフランチェス子は、あるときふるえる思いで谷池さんという学校の後輩にあたる男性に質問をしてみた。真実はおうおうにして、証明されるさいに証明してみせられる側には恐怖をともなう。カトリック教会が恐怖によりガリレオを追放したように。

〈私と会ったとき、ヤリたいと思われましたか〉

と。すると谷池さんはほほえんで答えた。

〈いいえ、ぜんぜん。そんなこと、ちっとも考えませんでした。考えません〉

谷池さんの温厚なほほえみ。温厚で親切な谷池さんが偽善者なのか、温厚で親切な谷池さんが真実を答えてくれたのか。選択肢は二つ。そして修道院育ちのフランチェス子は後者なのだと思った。〈いいえ〉。それが真実の答えなのだと。以降、フランチェス子は、６６６人の谷池さんに会った。この先、もう問うこともあるまい。真実なのだ。フランチェス子が女として無価値だということは。フランチェス子は真実を受け入れた。

（眠ろう）

ゆっくりとした眠りの波がフランチェス子の背骨から頸椎、頸椎から頭部全域におしよせ、なまあたたかいだるさとともに彼女は睡眠へと入ってゆく。

「おい、起きろ、フランチェス子」

「いや……」

「起きるんだよ。俺はもう充分に睡眠をとった」

「いや……」

「おまえは羊にも劣る、蒟蒻《こんにゃく》にも劣る、南極2号にも劣る女なんだ、俺の命令に従うしかないんだ」

「いや……。疲れたの、寝たいの」

「そんなセリフは男に言え。男もいないおまえが言うもんじゃない」

「……古賀さんは男じゃないの？」

「キキキ。おまえと同じさ」

男であって男でない。女であって女でない。おまえと同じ。古賀さんはくりかえす。

「かといって、今流行のバイセクシャルなんていかしたもんでもないからな、勘違いするなよな」

「勘違いしてないから、寝かせて」

「バイってのは男とも女ともヤレる奴のことで、おまえは男からも女からもヤリたいと思われない奴なんだから、キッキッキのキキ」

「ええ……よくわかってるから……、今夜は寝ようよ」

「だめだ」

「ぎゃっ」

フランチェス子は籐のベッドから落ちた。どういうふうにしているのか、股のあいだにいるので見えないが、古賀さんがなんらかの力をフランチェス子の鼠蹊部《そけいぶ》に加えたものだから、びーんと左足がつってしまい、そのはずみでベッドから落ちた。

落ちたせいでせっかく睡眠に入ろうとしていた目がさめてしまう。いつもこれだ。この調子で彼女はオナニーをさせられるのである。

「さあ、やれ」

「やりたくないです」

フランチェス子は足をさすり、落ちた毛布をベッドの上にかぶせ、いまいちど横になった。

「やれ。おまえは自分の身のほどを知って、いかに自分が女として価値がないかその真実を全身で受容しなければならない。受容して謙譲の精神を骨の髄からたたきこまねばならない」

「受容してます」

「してない。たりない。このあいだ長谷川哲也と会ったとき、傲慢な気持ちを抱いた」

長谷川さんは㈱BANGAのゲームソフト企画部署の人である。年に三回ほど会う。前回、会ったとき、食事をした。

「長谷川がおまえのぶんの食事代を支払ったのは、仕事相手だからであって、おまえと食事をしてたのしかったからではないのに、おまえはたのしんでいた。傲慢だ」

「そりゃあ、たのしかったよ。ふだんはひとりで食事をするんだから」

「いい気になるな。長谷川はその日、ほんとうはもっとべつの女と食事をしたかったにちがいない。あるいはさっさと帰宅して自分の家でビデオでも見てくつろぎたかったのにちがいない。しかし、おまえはなかなかいいゲームソフトを作るんで、今後もそれが欲しいからしかたなく食事をしたのだ。おまえと食事したんじゃない。ゲームソフトと食事をしたんだ」

「わかってるよ、そんなこと」

「いいや、わかってない。おまえは長谷川の大事な時間を奪ったんだ。それを申しわけないと思う謙虚さがまったくない。そのうえ、長谷川がハンカチをプレゼントしてくれたときによろこんで何度もありがとうと言った」

「プレゼントしてくださったのだからお礼も言わず黙ってるなんて礼儀に反するよ」

「おまえはよろこんでいた。礼儀でありがとうと言ったのではない」

「だってありがたかったもの」

「それが傲慢だ。ありがたがる心理の深層には、長谷川を男性と見ている意識があるからだ。〝ハセガワサンガ　ワタシニ　ハンカチヲ　クダスッタ〟とな。おまえがそんな意識を抱くことが自分の分際をわきまえていない。長谷川にとっておまえは女ではないのに、傲慢にもおまえは長谷川を男と見ている」

「でも、長谷川さんは男の人でしょう。女には見えないよ」

「性別の問題ではない。意識の問題だ。いいか、長谷川はおまえとなんかヤリたくないんだからな。長谷川にとっておまえは〝マア　ハンカチクライヲ　プレゼント　スリャイイカ〟な人間なんだ。女じゃないんだ」

「わかってるよ、そんなこと」

「おまえとヤリたいと思うようなやつは、通り魔の類だけだ。そういうやつは、べつにおまえだからヤリたいわけではないんだからな。通り魔、痴漢なんていう輩《やから》は相手の個は関係ないんだ」

「ええ」

「おまえは俺と同じさ。俺ができものであるように、おまえは本来は墨絵の中にいるべき人間なんだ。墨絵だ、墨絵。墨絵がわかるか？　エロと愛とは無縁の墨絵。墨絵の中でだれの体温も感じることなく住んでいるべき紙人間なんだ。人間の女のすがたをしていること自体がおこがましい。フランチェス子、悔い改めよ、その名のとおりに。解脱して、東西南北にコップを置いて水をたやすな」

「ついでに風水も鑑定してもらいましょうか？」

「ばかやろう。またまちがえている。俺にここまで言われてイヤだと思っただろうが。おまえはいつもかなしみの表現をまちがえる。だから女としてダメなんだ」

フランチェス子には自信というものがまったく残っていなかった。三十二歳より前には、かろうじてまだ女として一縷《いちる》の自信が、寝室の箪笥《タンス》の後ろあたりに隠してあったような気もする。しかしそれも古賀さんとの同棲ですっかりなくなってしまった。

「じゃあ、ひとつ伺いますけど、正しい女のかなしみの表現はどうするんです？」

「鈴木保奈美のようにすることである。宮沢りえではない。南沙織のようにすることである。小柳ルミ子ではない。若尾文子のようにすることである。原節子ではない。以上、年代順」

「そんな説明じゃわかりません。それに若尾文子と原節子は若干、時代がちがうと思う」

「わかってるくせに、嘘を言うな。わかってるからこそ、若尾文子と原節子の年代のちがいなどに論点をずらしたのだ」

「すみません」

「さあ、鈴木保奈美のようにかなしみの表現をしてみろ」

「鈴木保奈美のかなしみの表現は、きっとうれしいことがあったときの南果歩といっしょでしょう。南果歩の表現は、踊っていないときの草刈民代といっしょでしょう。踊っていない草刈民代の表現はアレンジすると、仕事がオフのときの和久井映見になるのでは」

「そのとおり。やっぱりわかっていたのにわかっていないフリをしていたな。はかない、はかなくかなしむのだ。さあ、やってみろ」

「できません、私には。そういう能力が欠落しているのです」

「そのとおり。よっておまえはダメ女。さあ、さっさとオナニーしろ」

はー、とため息をついてから、しかたなくフランチェス子はオナニーをはじめることにした。はじめるにあたり、

「ズリネタをください」

古賀さんに頼んだ。

「そんなもん、自分で用意しろ。前にもらった資料用のビデオで見てないのがたくさん

あるだろうが」

成人用ゲームはごく単純なルールなので手のはやいフランチェス子なら二日でプログラミングができ、家計に重宝している。その成人用ゲーム作りのための資料として送られてきた成人用ビデオが押入れに何本もあるのである。

「つまらないよ」

「見たやつが、だろ。見てないやつを見ろ」

「わかった……」

フランチェス子は隣の部屋までとぼとぼと歩いた。隣の部屋の押入れからビデオを取って、またとぼとぼと歩いてＴＶにセットした。『淫牝姉妹・犯す』、ラベルにはそうあった。

「これ、なんて読むんだろうね。いんめすしまい、じゃないよね。いんかしまい？」

「どうだっていいだろ、そんなことは。漢字のかんじでわかるだろ」

ビデオを見た。姉と妹が地上げ屋とセックスする話だった。地上げ屋がいきなり出てきて姉妹に洋服を脱げと言い、姉妹はすぐに脱いで、三人はすぐにセックスをはじめて、それから最後までセックスの場面だった。

「なんだ、おまえは。ぜんぜん濡れないじゃないか」

「だって、べつにいやらしくないから」

「ちっ、だったらすぐにやめて他のビデオにしろよ」

「わかった……」

またとぼとぼと隣の部屋に行き、『万引き新妻・折檻』というビデオを取って、TVにセットした。夫が長期海外出張のためイライラした新妻がブレスレットを万引きして警備員二人にとがめられる。警備員はブレスレットは130万円だと嘘をつく（本当は消費税込みで1020円）。130万円が用意できない新妻は警備員に〝あたしの身体で払ってあげるわ〟と言う。警備員はとてもよろこんで新妻とセックスをする。それから最後までセックスの場面だった。このビデオは前のビデオとはちがい、感慨深く、見ているうちに、フランチェス子は胸に鉛が沈殿してゆくような重みを感じた。ずっしりと胸が重くなり、下まぶたのあたりに針を刺されたような痛みを。

「この新妻は女としてできそこないではないんだね」

ティッシュを下まぶたに当てた。

〝あたしの身体で払うわ〟と疑いなく言う新妻。疑いなく自分の女体に130万円の価値があると信じている女性の、その輝くばかりにたおやかな自信。

「もし私が同じ状況にあったら、警備員は〝だれがおまえの腐れまんことやるかい〟とか〝おまえを相手にするくらいなら羊を相手にするわい〟とか言うんだろうね」

「ああ、そうだよ。〝おまえでは勃起しないよ〟とか、ちょっと気弱なやつだと〝まにあってます〟とかね。うわべのやさしさバージョンだと〝親友じゃないか。いい関係でいようね〟とか。あとは〝こないだのソフトはいい売れ行きですよ、これからも頑張ってくださいね〟とか言って狡猾《こうかつ》きわまる逃げ方もあるぞ」

「そうだね」

フランチェス子はまたとぼとぼと歩いて隣の部屋へ行き、『ピアノ・レッスン』というビデオを持ってＴＶにセットした。

「これね、こないだ雑誌の懸賞で当たって、まだ見てなかったの。この映画は女性に人気があったから、こういうもののほうがかえってオナニーしたくなる気分になる効果が高いかもしれないよ」

「じゃ、それにしろ」

「うん。きっと、これならいいよ」

フランチェス子は期待してビデオを見た。しかし、見ているうちに、静かに静かに怒りが胸に蓄積されてゆくのを感じた。『万引き新妻・折檻』を見ての感情がさらに肥大化され、その感情のベクトルの方向にさらに感情が巨大に伸びきってしまったのだ。

『ピアノ・レッスン』は、自分は傷つきやすくとぎすまされた感性の持ち主なのよと自慢したくて口をきかなくなった女の人が、夫に豊かにはげしく愛されて娘をもうけ、夫と別れたのちに再婚して再婚相手にプリミティブにはげしく愛されて家事炊事まったくせず、浮気相手にも絶倫的にはげしく愛されたので再婚相手を捨てて再々婚して、娘にも慕われて、たのしく暮らす物語だった。

「あんまりだわ」

浮気相手から〃セックス一回につきピアノの鍵盤一個をやる〃ともちかけられた主人公が、首をきっぱり横に振って指を三本立てる場面で、フランチェス子は声を大にした。

「この浮気相手の男の人は文明にまみれていないから、文明にまみれた者からすれば拙《つたな》い求愛表現しかできない人なのよ。そんな人に対して、情け容赦なく自分の女体の値段をつり上げるようなことをして……あんまりじゃないの」

「しょうがないじゃないか。この時代のこの土地では、白人の女というだけですこぶるつきの価値があったんだから」

「だったらよけいに、ひどいじゃないの。〃わたしという女だからモテるんじゃないんだ。わたしがただ白人だからなんだ〃と、なんでこの主人公は思わないの？　謙虚さというものが微塵《みじん》もない」

「俺に怒鳴ってもらってもこまる。その、なんだ、前作の『エンジェル・アット・マイ・テーブル』は、異様に謙虚な女が主人公だったから、今度は異様に傲慢な女を主人公にしてみようと監督もバランスをとったんだろ」

「がっかりした」

「オナニーしようとしてがっかりするな。早く他のズリネタをさがせ」

「もう、ビデオはいやだ」

「じゃ、エロ本でも見ろ」

「おんなじだよ。私はもう、なにを見てもいやらしいと思わないよ」

「インポ女」

「うん」

「かんたんに認めるな、冷感症女」

「だってそのとおりだもの」

なにを見ても猥褻《わいせつ》な気分をもよおさなくなってから、時久しい。

「古賀さんが私にできるよりもっと前から、私はそうなの。だから古賀さんだって私にできたんでしょ。いつもそう罵るじゃないの」

「それは、そうだが……」

「いくらアダルトビデオを見ようがポルノグラフィーを繰ろうが、私は勃《た》たないのよ」

猥褻な気分はまったく勃起しない。それなのにオナニーを強制されることは、だから、フランチェス子はほんとうに困るのである。

＊

「おまえはクリトリスが欠損してるからなあ」

古賀さんはフランチェス子のおまんこを見渡して言った。

「病院でも希有《けう》な症状だと言われたわ」

クリトリスが欠損しているために、フランチェス子は、よって、すこしもクリトリスをさわりたいという気に、当然、ならない。

「しかし、クリトリスというのはペニスのなごりだから、それがないというのは女体としてたいへん進化しているということになるではないか。女として進化した肉体に、男をひきつけられない精神が宿っているというのは皮肉な話で、笑えるが」

キキキと古賀さん。

「もっとも、女の快感はヴァギナ派とクリトリス派に二分されるというから、クリトリ

スが欠損してててもヴァギナがあれば、ふつうは支障はないが、おまえは支障があるから
これまた笑える」
粘膜過敏症といって、フランチェス子はコンタクトレンズやタンポンが使用できない。
少しでも固いものには異物拒否反応を起こして激痛をおぼえる。よって、爪のある指を
ヴァギナに挿入したい気分に、当然、ならない。
「修道院での生活が厳格だったから、それゆえに性欲は過剰なくらいに発達をとげたの
よ。思春期まではね」
過剰に発達をとげたフランチェス子の性欲は、クリトリス欠損症と粘膜過敏症を克服
して、膣を自由自在に蠕動《ぜんどう》させるオナニーをあみだした。
「修道院では思春期になると、夜は両手を縛って寝させられたのね。オナニー防止のた
めに。覚醒時は戒律を厳守していても睡眠時や半睡眠時には精神が脆弱《ぜいじゃく》になるからっ
て」
「そうなの」
「皮肉なこったな、そりゃ」
手を縛られなどしたものだから、フランチェス子の膣はよけいに自由自在運動の能力
をアップしてしまった。

「やっと修道院を出てきたら、冷酷な真実が私を待っていた」

男はフランチェス子では勃たない。女として無価値である。

「いつも男を欲してたのにね。修道院からひきずり出してセックスしていただきたいと願っていた」

「そこが、まちがいの基本だな。ダメ女の礎《いしずえ》とでもいおうか。セックスしていただきたいなんて女に対して男は萎える。セックスさせてあげましょうかという女が正しい女なんだから」

「ローマは一日にしてならず。ステップ・バイ・ステップ。そういうふうになるには思春期までにそういうふうに貯蓄形成しておかなくてはならなかったのよね」

「こぼれたミルクはもとにはもどらん。女として無価値な者はオナニーをするしかないんだ。女じゃなくて猿なんだから。さあ、早くやれ」

「いやだなあ」

しぶしぶフランチェス子は膣を動かした。

「もっと真剣にやらんか」

古賀さんに言われ、膣の前方上部を小刻みに動かす。つづいて前方下部を二拍子で動かし、また上部にもどってアップテンポにして、下部にもどってマーチのテンポにした。

「いやらしいことを考えろ。男とキスしてると想像しろ」

「はい」

膣の後方上部をワルツくらいに動かしたが、自分とキスを望む男はいないわけだから、フランチェス子はつくづくむなしくなる。

「男の唇が首を這《は》ってると想像しろ」

「はい」

膣後方下部をエイトビートで動かしたが、

(いったいだれが私にそんなことしたいと望むというのだろう)

と、首を這う男の顔が浮かばないわけだから、もっとむなしくなる。

「がさがさした男の背中に両手を巻きつけていると想像しろ」

「はい」

膣中方中部を締めつけてみたが、

(そういうシチュエーションは、私には訪れないのよ)

と、背中に両手を巻きつける男の顔が浮かばず、しかたなく知り合いの顔をがんばって思い浮かべてみる。AさんBさんCさん、みんな最愛の女性がいるのだし、

(それがなんで私とセックスしたがるだろうか)

と、うつろな風が股間に吹く。

「妻がいようが恋人がいようが、エロ欲はべつだ」

「昔はね。エイズもなかったし。平成になってからは、男の人は純愛主義だよ」

ＴＶや映画で見かけるタレントや俳優をがんばって思い浮かべてみる。ＤさんやＥさんやＦさん、どうせ知り合うことなんかないのだし、

(知り合ったところで彼らがなんで私なんかとセックスしたがるだろうか。ああいう人ならほかにいくらでも相手がいて、デートの約束をさばくだけでも忙しいだろうに)

と、うつろな風どころか水銀のように重い絶望が股間を充たす。

「ひざまずいた男が足を舐めていると想像しろ」

「はあ……」

膣前方上部をバラード調に動かしたあと、後方下部をスタッカートで動かしたが、

(無理だよ、古賀さん、そんな想像。石膏彫刻のように強そうな私の足を、男が舐めたがるはずがないじゃない)

重い絶望の水銀は気化して毒性を帯びる。

「壁に押しつけられてスカートをまくりあげられるような想像はどうだ、してみろ」

「無理！」

フランチェス子は蒸気水銀の毒にうちのめされて叫んだ。無理！　無理！　無理！　そんなふうなことは価値のある女だけが経験できることだと、そう罵ったのは、古賀さん、ほかでもないあなたではないか。いやらしい想像をせよなどと、そんな想像は不可能だ。フランチェス子は叫んだ。

「インコ真理教の外報部長のなんとかさんという人は〝ぼくは悟りましたので9年間、セックスしてない〟と豪語（？）していたけど――」

フランチェス子はこぶしを高くふりあげて叫びつづけた。

「甘いっ！　9年間くらいセックスしないがどーした。たった9年くらいでエラそうに言うな！」

こぶしを股に向かってふりおろした。

「一千万円のヘッドギアなんかつけなくても、座禅組んで空中飛びをしなくても、私はなにを見てもなにを想像しても勃たないーッ」

股のあいだをがつんがつんと叩いた。

「あの王女を助けに行く王子のゲームソフト、売れなかったわ。古賀さんの言ったとおりよ。ものごとはなんでもあるていどの可能性があってこそエンジョイできるのよ。どんな性愛の空想もまったく実現の可能性がなければ、むなしいだけです！」

股を叩きつづける。

「痛ッ、痛ッ。まったく実現性のないことをたのしめるのがオナニーなんだ、そんなことわからんのか」

くぐもった古賀さんの声。

「そんなたのしみ方ができるのはセックスできる環境にある人だけなの。セックスあってのオナニーなの。オナニーあってのセックスなの」

オナニーしたあとはむなしいと言う男性がよくいるが、フランチェスカ子はオナニーする前からしてむなしい！

〝わたしたちセックスレス夫婦でーす〟とか〝今、セックスレスの時代〟とか、まるでセックスしないことがかっこいい流行であるかのように言う人々がよくいるが、インコ真理教の外報部長同様、甘い。フランチェスカ子はオナニーレスだ！

セックスしない、んじゃない。セックスできないのだ。オナニーしない、んじゃない。オナニーすらできない。それほどフランチェスカ子は男から欲されることなき無価値な女なのだ。その真実をだれ恨むことなく受容しているのは、神様の愛を信じているからである。

たとえ女として無価値であろうとも、神様はいつもやさしく見守ってくださる。冬の垣根に白梅が花咲かせばその美しさを見るひとときに幸福があると神様は教えてくださる。

「古賀さん、私のおまんこに住んでいたいなら、いつまでも住んでていいよ。でも、オナニーはできないの。夜は寝て、朝は起きて、ラジオ体操をして、つつましく暮らそうよ」

　窓の外はもう朝だった。

♪新しい朝が来た。希望の朝だ。よろこびに胸をひろげ、青空あおげ。太陽のもとにすこやかな腕を、この薫る風に伸ばせよ、それ、一、二、三♪

ラジオ体操の歌をうたいながら、フランチェス子はラジオ体操をした。

「うたって体操するな」

「するよ」

　ラジオ体操第二まで完遂した。第一だけならともかく、第二まで体操するとさすがに古賀さんもしらけた。これから春になろうとする早朝の空が、場ちがいなふうに青い。

「なあ、フランチェス子、今日は犬吠埼《いぬぼうさき》に買い物に行かないか」

　犬吠埼には真希田屋がある。

「そうだね」

冷凍のストックがもうない。海を見ながらシーフードを買おう。そしたら少しいいことがあるかもしれない。少しだけいいことがあれば、それでいいじゃないか。

「買い物したら、ちょっとだけ浜辺で食べよう」

「いいよ、そうしよう」

ふたりは一番のバスで犬吠埼へ行った。真希田屋で買い物をすませたあと、海岸の岩場に腰をおろした。ロングスカートの下で厚手のタイツごとパンティもおろした。

フランチェスカ子は海を見ている。古賀さんは食事をしている。

「おいしい？」

「うん、うまい」

フランチェスカ子の股のあいだで古賀さんは満足そうに、大好物のいそぎんちゃくとカズノコを呑みこんでいた。

第二章　小夜曲《セレナーデ》

梅は去り、桜の季節が訪れた。

「こんなところに俺が嵌《は》まっていては、おまえのおまんこは使えないが、どうせだれも使っちゃくれないんだから不便はなかろう、ぐはははは」

入居してきたとき、古賀さんはこう言ってフランチェス子を笑ったが、そのとおりだった。

古賀さんのために夕食を作りながらフランチェス子はつぶやいた。

「ほんとーに、ほんとぅ――に」

なんの不自由もなかった。

まったく不自由がなかった。

なんら支障がなかった。

おまんこに人面瘡ができていたところで、彼女にはなんの問題もないのである。古賀

さんの入居前からもずーっと、なんの問題もないのである。ずーっとずーっとだれも彼女のおまんこを使わなかったし、

「これからだって使ってくれる人なんかあらわれないような気がするわ」

と、彼女は思っていた。

「ダーメ、ダメダメ、ダメ女、おんな〜、おんな〜」

と、彼女はうたいながらカズノコを洗っていた。

女にとっておまんこを使用してもらえないことは、おそらくたいへん悲劇的で悲惨で哀れなことだろうが、フランチェス子はそういうことを、もうかなしまないようになっていた。はじめはかなしみ、つづいてかなしまないように努め、それからかなしまなくなった。

「ダーメ、ダメダメ、ダメ女……」

鼻唄をうたいながら、フランチェス子は水洗いしたカズノコをざるにあげ、自分のぶんのきつねうどんを作った。

「さあ、夕食にしましょう、古賀さん」

股にむかって言う。

「今日はなんだ？　どれだ？」

古賀さんは、きゅうりといちごとカズノコといそぎんちゃくを食用とする。それが古賀さんのなかでどのように消化吸収されるのかフランチェス子にもよくわからない。

「今日はカズノコよ」

「真希田屋のやつか」

「そうよ」

フランチェス子はパンティをおろし、椅子の上にカズノコを置き、椅子のはじっこのほうにすわる。

「さ、食前のお祈りを」

フランチェス子が言うと、

「チッ」

古賀さんは舌うちをした。

「よくもまあ、こんな生活をしていて神に祈れるもんだ」

カレンダーの隔月「30」の日だけに「納品」と記されただけの生活。ほかにはなんの約束もない生活。留守番電話になにも入らない生活。幾枚かの下着やソックスのほかには、靴（サンダルも含む）が三足とパジャマが三組。ジーパンが二本とスカートが一枚。ポロシャツが三枚とセーターが一枚とジャンパーが一枚の生活。ふくびきで当たった口紅が一本と、へちまローションが一本とシッカロールが一箱の生活。貧しくて香水や洋服ダンスが買えないわけではない。貧しくてイヤリングや指輪が買えないわけではない。買う必要を感じることがフランチェス子にはないのである。

「たまにはもうちょっとは潤いのあるかっこうをして、インテリアにも気をくばったらどうだ。ったくこんな生活」

「〝そんなことをしたって、だれが見るというのだ、だれが訪れるというのだ、ぐははは〟と罵ってたのは古賀さんじゃないの」

「そのとおりだ。おまえなんかの部屋に来たいと思うようなやつはおらん。おまえなんかが着飾ったってつきあいたいと思うような男はおらん。しかし、俺が辟易《へきえき》する」

「してれば」

フランチェス子は手を組んで、テーブルの上に乗せた。

「こんな生活をしててよくお祈りをする気になるなと言っとるんだ」

「ぜいたくをさせてもらってるわ。知ってる？　修道女の鞄に入っているのは、二式の修道服だけなのよ。一式ずつ洗濯しながら使うの。鞄一つでどこの教会にも行けるように身軽なの。私は服の量だって、タオルの量だって多いし、本も持ってるし、パソコンだって……」

ガスストーブと扇風機まで持ってるとフランチェス子は神様に感謝した。

「神様、今日もぶじに一日を終えられたことを感謝いたします。おいしい食卓につけることを感謝いたします。人々のしあわせをよろこべるやさしい心を、どうか私にお与えください。ぜいたくはつつしみます。アーメン」

十字をきって、フランチェス子はきつねうどんを食べた。

フランチェス子はきつねうどんが一番の好物で、栄養素がかたよらぬよう、納豆とほうれん草とひじきをつけあわせて工夫をする。

「ケチくさいものばかり食べているのに、おまえはちっともガリガリになっていかないのはどういうわけだろう」

フランチェス子は今はコンピューターのプログラマーをしているが、以前はモデルをしていた。通販や商店街のチラシ専門の下着や水着のモデルだった。学生時代の友人であるモア代とオリ江に、

「フランチェス子もうちの事務所に入りなさいよ。フランチェス子だったらきっと入れるわよ」

と言われて、ぼーっとしているうちにそんなふうなことになった。しかし109センチのバストは「写真が露骨で下品になる」と通販や商店街のチラシには似合わず、さり

とて、風俗関係のチラシにはもっと似合わない。外見のつくりの問題ではなく、彼女には人をひきつけるもの、とりわけ男性をひきつけるものがまったく欠落していて、

「きみ、ほかの仕事についたほうがいいよ」

事務所から言われ、やめた。

「おせわになりました」

一応、退職金をもらってドアをしめたあと、ドアの向こうで、

「いい子なんだけどなあ、なんだかあの子がそばに来ると、なんだかやたら冷静な気分になってきて、俺、こんなことしてていーの？　こんなうすっぺらなコマーシャリズムにのってる人生でいーの？　って自問自答しちゃって、なんだかこう……わかるだろ」

そう言って、事務所の男性所員が三人、

「わかる、わかる。わっはっはっはー」

と笑っているのが聞こえた。

「チンチンが懺悔《ざんげ》しはじめる」

とも言っていた。

それで、フランチェス子はコンピューターを独習し、まず小さな会社で単純な作業をすることからはじめて、やがて㈱ＢＡＮＧＡ在宅プログラマーになり、ゲームや教材の

ソフトを作る生活をしている。㈱BANGAが各々《おのおの》のソフトごとにプロジェクト・チームの構成者を選び、チームに組み入れられた在宅プログラマーは自分の分担をプログラミングするのである。隔月の「30」に印された「納品」日は、会社に自分の分担ぶんを納める日のことである。複数のプログラマーたちといっしょにひとつのソフトを作っているはずだが、横の繫《つな》がりはほとんどない。毎回、メンバーが変わるし、作業中も分担内容の質が異なるので連絡もほとんどとりあわない。とったとしても電子メールである。BANGA以外の会社から時に来る単純なしくみのゲーム制作の依頼も、電子メールである。ひがな一日、ひとりっきりでコンピューターに向かう生活といえる。

コンピューターを相手にしているのはしかしフランチェス子に向いていた。機械は彼女に対して「感じ」とか「印象」とか「イメージ」とか、そうした「情緒的なるもの」を抱かない。フランチェス子が入力したら入力したぶん応えてくれる。

ずーずるずる。

きつねうどんを食べながら、フランチェス子は聖フランチェスコのことを想った。それから、ひなぎくの花や、みつばちや、オリオン座のことを頭に描いた。

「TVを見ないのか。シケた夕食で、せめてTVくらいつけてにぎやかにしたらどうだ」

「さっき、ニュースを見たじゃない」

「ならドラマでも見ろよ、ドラマでも」

「見たいの？」

「なんでもいいから、ちょっとはにぎやかにしてくれ」

古賀さんが怒鳴るので、フランチェス子は3チャンネルをつけた。数学Iをやっていた。数式が出たので、箸をとめてじーっと見ていると、

「ドラマにしろ」

古賀さんが子宮口のあたりを蹴った（ような力の入れ方をした）ので、チャンネルを8にした。

〈どうしていいかわからないの。自分でもどうしていいかわからないの〉

若い女が泣いて言っている。その女を若い男が抱きしめ、

〈行くな。おまえがそばにいてほしい。いつもおまえがそばにいてほしい〉

と言った——であろう画面が映った。しかし、それはフランチェス子には、岩が、なにかガガガと音を出し、岩がまたゴゴゴと音を出したように、見えて聞こえた。そういう場面は、まったく、いっさいがっさい、永久に、完全に、
自分とは無縁、

のことだとフランチェス子は思っている。だから役者の顔も岩に見える。

「お、ヤルぜ、このふたり」

古賀さんは、セックス・シーンであろう画面のときに言ったが、フランチェス子には岩がただドーンと画面いっぱいにうつっているだけのように見えた。

「きつねうどんのおいしい店が千葉にもあるといいのにね」

古賀さんに言ったが返事をしない。フランチェス子はきつねうどんを食べおわった。

「動くな」

食べおわった皿を洗おうとすると、古賀さんが言う。

「今、いいとこなんだから」

しかたがないのでフランチェス子は目を疲れさせないように目をとじて、TVの前でパンティをおろしていた。ずっとコンピューターに向っているので、仕事以外ではなるべくブラウン管を見ないようにしている。

「終わった。来週で最終回だ」

「そう」

パンティをあげて、フランチェス子は皿を洗った。

「なあ、フランチェス子、おまえはこれからどうするんだ？」

「本を読んでからお風呂に入って寝るけど」

「そうじゃない。将来のことだよ」

「五十五歳になったらどこかの修道院で神様とともに過ごそうと思ってるけど」

「また修道院に逆もどりか」

孤児のフランチェス子は、十八までを修道院で過ごした。

「そうよ。三つ子の魂百まで、って言うでしょう。十八まで育ててもらったお礼に五十五歳までは社会で働いて、それから修道女になるのがいいと思うの」

「おまえなら、ご立派な修道女になれるだろうよ。だいたい今でもすでに修道女だ」

「そうかな。まだまだ修行がたりないわ。食べることとか、お風呂にはいることとか、たのしいと思うし……それに……」

「それに？」

「ときどき、さびしいと思うから」

フランチェス子がそう言ったとたん、古賀さんは、地響きのような笑い声をあげた。

「ぐはははははは。ぐはははははははは。ぐはははははは。待ってたぞ。傲慢な」

あまり古賀さんが笑うのでフランチェス子の下腹部はうねった。

「おまえのような女が、さびしい、だと。言ったな。今、たしかに言いおった。どのツラさげてさびしいと言ってるか、鏡を見てこいよ」
古賀さんはほんとうにうれしそうだった。
「おまえは女のできそこない。おまえのような女の性別が、戸籍では女になってること
すらおこがましいんだっ！」
くされ修道女。古賀さんはフランチェス子をそう呼んだ。
「いや、修道女のくさったの」
訂正した。
「さびしい、なんてのは、男を勃起させられる能力のある女が言えることだ。おまえな
んかが言っていいことばじゃないんだよ、いっひっひっひーのひっひ」
「うん」
そのとおりだとフランチェス子は思い、壁にかかった十字架の下にすわり、額を床に
つけてナワトビで自分の背中をぱちん、ぱちんと叩いた。
「神様、私は傲慢でした。私のような女には、さびしい、という資格はありませんでし
た。ごめんなさい」
ぱちん、ぱちん。ナワトビでもう二回、背中を叩いてから床にキスした。
「いついかなるときも神様があたたかく見守っていてくださることをつつしんで感謝い

たします」

十字架に向かって、聖書の詩篇で暗唱している一部分を唱える。

「もろもろの君はゆえなく私をしえたげます。しかしわが心はみことばを畏れます。私は大いなる獲物を得た者のようにあなたのみことばをよろこびます。私は偽りを憎み、忌み嫌います。しかしあなたの掟《おきて》を愛しています。私はあなたの正しい掟のゆえに一日に七たびあなたをほめたたえます。あなたの掟を愛する者には大いなる平安がありますように。アーメン」

そして、うどんの湯を切ったざると箸を洗った。

このようにフランチェス子は、いつかウンブリア平原の砂のように煩悩《ぼんのう》というものをいっさい持たぬ存在になれることだけを願って暮らしていた。

＊

モア代とオリ江がやって来た。モデル事務所の花見の帰りだと言う。

「桜の下でドンチャン騒ぎだったのよ」

ふたりは酩酊していた。

「フランチェス子も来ればよかったのに。あの双子も来たのよ」

あの双子というのは彼女たちの事務所、すなわち以前にフランチェス子も所属していた事務所の売れっ子の男性モデルである。双子のマルとクス。兄のマルは最近はドラマに進出して俳優としても活躍。弟のクスはCDを出してミュージシャンとしても活躍。

「フランチェス子が好きだったのは、おにいちゃんのマルのほうだったよねー」

モア代が言った。

「そうそう、みんなで飲みに行ったとき、まだ乾杯もしてないのに、いきなり〝好きです〟って言ったんだよねえ」

と、オリ江。

「あんなふうにストレートに言うからダメだったんだよ。もっと、じょうずに接近すればよかったのに」

「そうよ。あんなふうに言われたんじゃ、冗談だと思われるか、まごつくかしかないじゃないの」

ふたりは言った。しかし、それは兄のマルのほうではなく弟のクスのほうだった。

フランチェス子はたしかにクスが好きだった。双子というのに、兄に比べると決してハンサムではなく、当世ふうの顔だちというのでもなく、三白眼で下の前歯の歯並びがたいへん悪かった。モデルクラブに入ったのも兄にひっぱられてしぶしぶというかんじだった。当時はちっとも売れておらず、商店街のチラシの撮影でフランチェス子とよくコンビを組んだ。しゃべるスピードがおそろしくスローで、同じようなスピードのフランチェス子は彼の言うことなら聞き取れた。クスはアニメが好きで、アニメの話をしてくれる彼がフランチェス子は好きだった。

そのていどの好きさだった。明るくほのぼのとした色彩の種類の好きさだった。

だが、モア代たちの言った「飲み会」の日、店に入るなり大きなテーブルがあったことがフランチェス子を苛《さいな》んだ。

フランチェス子は思ったのだ。クスの近くにすわりたい、と。それは、分不相応な願いのように思われた。しかし、自分の願いをフランチェス子はどうしても否定できなかった。そして、なにげないふうでクスの隣の席にすわる、という手段を思いついた。それが許せなかった。なんというあさましく、醜く、卑怯な手段を思いついたのだと、自分が許せなかった。

だから着席する前に言ったのだ。

「私はクスさんが好きです。できればセックスしていただきたいと思います」

と。

のんびりとほのぼのとクスのアニメの話を聞いているのが好きだったフランチェス子である。クスとのセックスを具体的に現実的に望んだことなどいちどもなかった。しかし、のんびりとほのぼのとアニメの話を聞いているのが好き、という感情のベクトルの遥かなる延長上にはその願望が存在する種類の好きであることを直視せねば卑怯であるという思いから、そう言った。

クスばかりでなく、いあわせた全員が絶句し、とりあえずクスが、

「あ、あはー」

と、笑った。つづいて一同も笑った。その日以来、クスはフランチェス子とコンビを組むことはなく、話すこともなくなった。そのうちフランチェス子は事務所をクビになった。

「あの日のことにかぎらずさ、フランチェス子のアタックっていっつもああよね。だからダメなのよ」

「そうよ。そりゃ、わたしたちはフランチェス子の気持ちはそれなりにわかるわよ。潔癖性の行動と心理。でも、ものにはＴＰＯというのがあるのよ」

モア代とオリ江はそう言うが、ＴＰＯが狂っていても、もしクスのフランチェス子に対する感情のベクトルの方向性が同じであれば、いずれ彼も直視したのだから、それを

しなかったということは、ようするに彼にとって自分は女ではなかったのだと、フランチェス子は思っている。

フランチェス子は美術館にあるような石膏彫刻に似た顔立ちをしていたが、石膏さながら、すべての男に石の物体のように映るのである。

「フランチェス子はもうすこし人生をエンジョイしなくっちゃいけないと思うよ」

オリ江がフランチェス子に紙袋を渡した。水玉模様のかわいらしい紙袋である。

「これ、あげるわ。ビンゴ大会で当たったの」

「なんなの?」

「バイブよ」

オリ江は紙袋からバイブのはいった透明なプラスチックケースを出した。ハート型のシールには『ティンカーベル』と店名がはいっている。

「このお店、今、話題なのよ。女の子のための、明るくファンシーなエロショップなの。ほら、色もレモン色でかわいいでしょ。これをフランチェス子にあげるわ」

オリ江はバイブを紙袋にもどすと、それをフランチェス子におしつけた。

「そうよ。こういうものを使ってエロスな気分をエンジョイしたっていいのよ。ね、フランチェス子、そうなのよ。ちっとも悪いことじゃないのよ」

モア代はフランチェス子の肩をなで、そうしてふたりは帰っていった。

「ぐはははは」

ふたりが帰るなり、古賀さんが笑った。

「豚に真珠とはこのことよ。聖書にあるとおりだ。ぐははは。なんという皮肉だ」

古賀さんの指摘は正しい。フランチェス子はもうオナニーさえもできない身体なのである。性欲とかムラムラするとか、そういう感情は、すでに彼女の体内で枯渇してしまっている。もとは枯渇していなかったが、そういう感情になってもだれも応じる者がなく、そのうちだれも応じる者がないという環境をかなしまぬよう訓練し、そしてそういう感情は枯渇した。

「マタイによる福音書第七章、六節。豚に真珠を投げるな。ぐははは、ぐははは」

ぐははは、ぐははは。あまりに笑いすぎて、古賀さんは、ウグゥ、ゴホッ、と咳こんでいる。

「真珠入りのバイブだったらよりおもしろかったのに、グホッ、グホッ」

咳こみながらも、なおも笑う。

フランチェス子はぼんやりと紙袋を持っていたが、なんとなく中身を出した。

「でも、ほんとにファンシーな色のバイブだよ。こんなのを売る店が今はあるんだね」

そう言いながらプラスチックケースを開けてバイブを摑んだ。すると、バイブの下方にあるスイッチの部分が鉄サビ色に腐食していることに気づいた。

「あれ、これ、腐食してるよ。不良品じゃないの？」

「さっきのオリ江とやらがすでにさんざん使用したのではないか」

「そんなはずないわ。だってほら、『ティンカーベル』というシールを、今、私がやぶって出したんだもの」

電池をセットし、スイッチを入れてみる。バチバチッと火花が散った。

「きゃーっ」

フランチェス子はバイブを放り投げた。ごたん、とにぶい音をたててバイブは床に落ち、二つに折れてしまった。

「なんてこと！」

フランチェス子は割り箸で折れたバイブをケースに入れた。

「こんな危険なものを商品として売るなんてとんでもないわ！　今、話題のお店だって言ってたわよね」

「ティーンの女の子にも人気と言っとったぞ」

「とんでもないわ。ティーンの女の子っていったら、まだいっぱい夢をみているのよ。

どきどきするような、ハーレクイン・ロマンスのようなラブシーンを空想してこれを使うかもしれないのに、こんな危険なものを売るなんて！」

あたら将来あるおまんこが傷んだらどうするのよ、とフランチェス子は『ティンカーベル』の住所と電話番号をメモした。

「クレームをつけに行くつもりじゃないだろうな」

「つけに行くわよ。こんな危険なもの。被害にあった人がもういるかもしれないわ。でも恥ずかしくてクレームをつけられないでいるわ、きっと」

私ならそんなことはなんでもないから、とフランチェス子は思った。

「原宿ですって。これからクレームをつけに行くわ」

「けっ。ジャンヌ・ダルクのつもりかよ」

古賀さんは罵ったが、フランチェス子は紙袋を持ち、靴をはいた。

『ティンカーベル』は意外に広い店だった。サンリオショップに近い雰囲気とまではいわぬまでも、ワコールショップに近い雰囲気で、店内には十数人の客がいた。嬌声をあげながら商品を見ているカップルの客もいる。

「すみませんが店長さんを呼んでください」

フランチェス子がレジにいた店員に言うと、フランチェス子の腕をこするようにして

横を通り過ぎた女性客が、

「あ」

と、声を出し、持っていた「潤いゼリー」の箱をはたと棚に返した。そしてそそくさと店を出ていってしまった。

どうしたのかな？　という顔で店員は彼女のうしろすがたをちらっと見たが、

「店長ですか？　どういったご用件でしょうか？」

フランチェス子に訊いた。

「商品に関することです」

「商品に関する、どういったことでしょうか？」

「それを店長にお話ししたいのですが」

フランチェス子が言うと、彼女のすぐ近くを通りすぎたカップル客の、男のほうが、

「ハッ」

と、明瞭な息を洩らし、持っていた「潤いゼリー付きコンドーム」と「星座別コンドーム」の箱をはたと床に落とした。

「どうかなさいましたか？」

店員は客にかけより、商品を棚にもどす。

「いや、べつに……」

客は両手をだらりとおろし、つっ立ったままでいる。横にいた恋人のほうも、彼にからませていた手をだらりとおろし、ぽかんとつっ立っている。

「おい、帰ろう。明日、心理のレポート出す日だろ」

「そうね。あの教授、きびしいものね」

カップルがそそくさと店を出ていったので、店員はフランチェス子のところにもどってき、

「えーっと、店長でしたよね。すみませんがお名前をうかがえますでしょうか」

「はい」

フランチェス子が店員から渡されたメモ用紙に名前を書いているうち、また別の客が、

「あ」

と、声を洩らしたり、

「ハッ」

と、息を洩らしたりして、つぎつぎに客が店を出て行く。

へんだなあ？　という顔を店員がしているうち、とうとう店にはだれもいなくなってしまった。

そこで、今ならよかろうとフランチェス子は店員に店長呼び出しの意図を告げた。

「実はおたくの商品に欠陥品がありました。持ってきましたので、そのことで店長さんにお話ししたいのです」

「あ、そうでしたか。すぐに呼びますので。いや、奥の部屋へどうぞ」

フランチェス子が入店したとたん、客の入りが悪くなった、どころか客がだれもいなくなったので、店員は商人の本能からか、客から見えぬところへ早く彼女を移動させたほうがいいと思ったらしい。

奥の部屋でフランチェス子は店長に会った。

「欠陥品とはどういうことでしょうか」

「ええ。じつはこれをプレゼントにいただいたんですが……」

ことのしだいを店長に説明する。

「そんなばかなことがあるとは思えません。このバイブは火花を散らすほどの電力を使うものではありませんし、スイッチ部分が腐食しているような商品だったらわたしたちのほうがすぐ気づきます。それになんといっても、これはバイブなんですよ。バイブといったら、その、あの、申しあげにくいことですけど、その、使用目的からしてですね、できるだけ人体の皮膚に近いように作ってあるものです。ゴムとかシリコンとかそういう柔軟性のあるもので……わかりますよね？」

「ええ」

「それが、こんな、ナイフで切ったわけでもないのにぽきんと二つに折れるなんて……そんなばかなことはあるはずがありません」

「でも、事実、こうして折れてしまってるんです」

フランチェス子はオリ江のくれたバイブを指した。

「ナイフで切ったようなシャープな折れ方ではないでしょう？」

「そうですけど、そんなばかな。このバイブは安全性と機能性にかけては最高の品です。企業イメージがあるので極秘にしていますが、どうもＳＯＮＹ関連の会社で開発した品らしいんです。ですから、お客さまのおっしゃるような事態がおこるということは信じられない……」

「でも……」

「ちょっと、こっちのほうへ来ていただけますか」

店長はついたての裏からフランチェス子を呼んだ。そこにはスチール製の棚があり、商品がストックされている。

「えーと、これはＶＢ－87番だから……」

店長はダンボールを一箱、机の上に置いた。

「これが、お客さまがお持ちになられたのと同じやつですよね」

店長はプラスチックケースから新品のバイブを取り出し、電池をセットし、フランチェス子に渡した。

「腐食なんかしようはずもない素材でできているでしょう」

店長に言われ、フランチェス子はじーっとバイブを見た。彼の言うとおりである。

「スイッチを入れてみてください」

入れた。うねうねとバイブは動きはじめ、くねくねしたり、ぎゅんぎゅんしたりする。

「どういうしかけでこういうふうに動くように設計されてるんでしょうね。どんな人が設計しているのかしら。小さいころは時計の分解をして遊んだりしたような人なのかしら」

ふと、クレームとはまったくべつのことに想像がおよび、フランチェス子はなんとなくつぶやいた。そのときである。

バイブはぐにゃりと折れ、まったく動かなくなった。

「えっ?」

店長はフランチェス子からバイブを取り上げ、スイッチをかちかちとなんどもならした。だがバイブは動かない。動かない上に折れてしまっている。

「どうして？」

「どうして？」

店長もフランチェス子も驚いて、さらにもう一本、新品のバイブをケースから出して電池をセットした。うぃーんと音をたてて、バイブは元気よく運動をはじめた。念のため十分ちかくも運動させつづけた。

「これはだいじょうぶですね」

店長はフランチェス子にバイブを渡した。

「ある月に製造されたものだけ、不良品がまじっているとか、そういうこともあるんじゃないですか？」

フランチェス子は言いながら、運動するバイブを摑んだ。すると、またそのバイブも突如としてぐにゃりと折れ、折れただけではなくしおれたようにしぼんでしまった。

「えっ？」

「えっ？」

「ど、どうして？」

「ど、どうして？」

店長とフランチェス子はステレオで驚いた。ふたりとも、机の上で三本の不能になったバイブを唖然として見つめる。

「まさか?!」

フランチェス子は、はたと疑惑を自分に向けた。

「ちょっと、べつの会社のバイブを出してみてもらえませんか」

「わかりました」

店長もあわてて何種類かのバイブを出し、そして試験をした。結果は同様であった。フランチェス子がバイブをだまって見ているときはOK。フランチェス子がだまってさわったときもOK。しかし、フランチェス子がなにか言いながらバイブに触れると、バイブは一瞬にして、折れるか、しぼむか、破裂するか、腐食するかするのである。

「こ、こんなばかなことが。し、信じられない……」

店長は、すっかり蒼《あお》ざめている。不能になったバイブ二十本ほどは、机上でぐったりとしている。だが、フランチェス子のたたずまいは、まるで龍安寺の石庭のようにしーんと落ちついている。

「そうか。そういうことか……」

フランチェス子は壊れたバイブを箱にもどし、命短かった彼らのためにお祈りをした。

「私にかかわったがためにこんなことになってごめんなさい」

十字をきる。

「店長さん、商品に問題はありません。私に問題があったのです。クレームはまったくありません」

店長にも頭を下げた。

「し、しかし……どうしてこんな……」

「詳しく説明すると長くなるのですが、私はいわば特異体質で、それが原因です」

「特異体質……」

店長は復唱し、

「そうだ。どこかで読んだことがある。静電気を異常に強く放つ人がいるんだってね。きっとそれなんだね。そうだ、静電気のせいだよね」

自分を納得させていた。

「ご商売が繁盛しますように。どうもおさわがせしました。さようなら」

フランチェス子は『ティンカーベル』を出た。

帰途に通りかかった中学校の校庭で桜が満開である。

「桜はきれいだなあ」

門が開いていたので、校庭のなかに入った。しかし、不法侵入になるかとも思い、門のすぐ脇のところに立って桜を見上げた。

日は山ぎわに沈みかかり、いくぶんかすれたようなサーモン・ピンクの空に、白に近いピンクの桜。鼻の頭に桜のはなびらがちょこんと落ちてきた。

「きれいだろうが、この季節、あんまり外でぐずぐずしてると困るんじゃないのか」

古賀さんが股から言う。フランチェス子は花粉症であった。

「そうだけど……もうちょっとだけ」

校庭の中央には、一輪車に乗っている人々がいた。その乗り物の愛好会のような団体らしい。並んだポールをジグザグに進んだり、白線でしきられた枠のなかでターンしたりしている。

「しかしケッサクだな。電気じかけのバイブも勃《た》たなくさせてしまうとは」

ききき、ききき、と古賀さんは底意地悪く笑った。

「機械は情緒がないから好きだったんだけどな。機械といえども、パソコンとちがってバイブには情緒が宿ってるのかな」

「色恋に関することはいっさいがっさい、すべて、おまえはダメなんだ。三年も俺に言われてまだわからんのか。ダメなんだよ。ダメ女」

きききき、きききき。古賀さんが笑うので、フランチェス子は、

「ききき、ききき」

と、棒読みのように言ってみた。

「真似するなっ。かなしめ！　この役たたずのダメ女」

「だって、私のようなものがかなしむのは傲慢なんでしょう」

「開きなおりの手法で俺の攻撃をかわそうとしてるな。ダーメ、ダメダメ、ダメ女。おんな〜、おんな〜。ダーメ、ダメダメ、ダメ女」

こんどは古賀さんが、フランチェス子がよくうたう筋肉少女帯の替え歌をうたってきた。古賀さんの歌を聞きながら桜を見ていると、くしゃみと涙が出てきた。

「ききき、きききき。泣け、泣け！」

「泣いてるんじゃないよ。花粉症だよ」

桜はフランチェス子の瞳のなかに濡れて映る。

「花粉症？　ごまかすな。偽りを憎みますと、こないだは神にいけしゃあしゃあと祈ってたくせに。ほらもっと泣け。もっと泣かんか、このダメ女。ブス！　オバン！　行かず後家！　咲かず後家！　不感症！　大足！　ディキンソンズハウスに死霊が宿る！」

古賀さんは女性に対する、ありとあらゆる罵り文句を言った。もとい、「ひたすら仕

事をしてきて未婚のままに一人暮らしをしている女性」に対する、ありとあらゆる罵り文句を言った。

「そうだね。私はブスでオバンで行かず後家で不感症、なのかどうかはセックスをしないからわからないけど、たぶんそうだろうね」

フランチェス子の手の甲に桜のはなびらが落ち、はなびらの上に涙が落ちた。

「花粉症なだけだからね」

古賀さんに言いわけをした。

「でも、さいごのディキンソンさん家《ち》のなんとかってのは何？」

「けけけ、これはな、アメリカはイリノイ州のことわざで、訳すと、空き家ってことだよ！　空き家女！　永遠の空き家女！　蜘蛛《くも》の巣女！」

「だって、今は古賀さんが住んでるじゃない。じゃ、古賀さんは蜘蛛の巣なの？」

「馬鹿か、おまえは。ようするに罵ってるんだよ、俺は。罵られてることをかなしめ！」

「かなしむと怒るじゃない。かなしむということは、〝自分の現状が自分にはふさわしくなくて、自分はもっと男に愛されるべき女なのだ、それなのになぜ愛されないのか〟という心理の表れだから傲慢だ、って」

古賀さんに怒られ罵られつづけて三年、かなしむということを訓練によって制御できるようになったフランチェス子である。

「ねえ、古賀さん。一輪車っていうのは難しいものなのかしらね」

フランチェス子の視線は桜から校庭へと移った。

「さあ。知らんな」

「やってみたいわ。あ、私が一輪車に乗ってみたいと思うのは傲慢？」

「ふん。その質問を俺にすることが傲慢だな。当然、傲慢ではないことを知っていながら哀れっぽくそんな質問をして俺の同情を買おうとしている」

「そう。じゃあ、やめとくわ」

「おまえのようなアトラクティブではない女はひっそりと見てればいいんだ。一輪車に乗ってみたいとかこつけて、あの団体に参加し、なにかステキな出会いがあるとでも思ってるのかもしれんが、ステキな出会いがあったとしても、男はおまえを決して選ばない。無駄なことだ。徒労だ。ばかげている。一輪車なんてやめたほうがいい。それがおまえのような女の分相応というものだ」

「なにもあの団体に混じってやりたいって言ったのではないのよ。一輪車というものをやってみたいなって言っただけ」

「それなら夜中にひとりでやってみりゃいいだろ」

「そうだね。でも、いいよ。もうしたくなくなったから」

「ということは、やっぱりステキな出会いとやらを心のどこかで期待していたんだな。ふふん。俺に見抜かれて己の傲慢さを認めて〝もうしたくなくなった〟とは、素直になったもんじゃないか」

「そんなになんでもかんでも深く考えてられないよ。しゃべるのが遅いのでもうわかってると思うけど、私はすごく頭の回転が遅いんだから……」

「そのとおりだ。遅い。バイブもインポにさせるダメ女なうえに頭が悪いときては、ほんとうに取り柄というものがない」

「じゃ、またうたおうか。ダーメ、ダメ……」

「うたわんでいい。うるさい」

「わかった」

フランチェスカ子は地面に落ちた桜を集めて小さい山を作った。

「桜じゃなくて石を積む練習でもしたらどうだ。地獄のサイの河原で石を積む練習をな。〝男日照りのハイミス、殺虫剤を飲んで自殺。死後二ヶ月後、腐乱死体で発見さる〟とスポーツ新聞に出るかもしれん。それもごく小さく。ぐは、ぐはははは」

古賀さんが高笑いをしたので、

「ぐははは」

フランチェス子はまた棒読みのように言ってみた。

「真似をするんじゃないっ」

「だって、古賀さんの笑い方はほんとうにおもしろそうに笑う笑い方だから、そんなふうに笑えたらたのしいだろうなって思って」

桜の山をもう一個作る。

フランチェス子のうしろに一輪車が近づき、とまった。十四、五歳の少女が乗っている。少女は一輪車を地面にたおし、フランチェス子の前に立った。

「なんで泣いてるの？」

少女は短いパンツをはいている。朱色の口紅をさしたら似合いそうな小さな口をしている。

「泣いてないわ。花粉症なの」

「そうお。でもさっきから見てたら泣いてるみたいだった」

「あんなところから見えたの？」

「はっきりは見えないけど、なんとなく……」

少女はフランチェス子の鼻の頭についたはなびらを指ではらった。

「お姉さんの横顔は『ルドヴィシの王座』の正面の人に似てるね」

「あんなに彫りが深くないよ」

「そうだけど、なんとなく……」

少女は浴衣を着て川べりを歩くと似合いそうな顔をしていた。

「この中学？」

「そうよ」

毎月、第二火曜だけ一輪車愛好者のサークル活動があるのだという。

「美術の教科書に『ルドヴィシの王座』の写真が出てるの。あたし授業中にね……」

少女が話しはじめたとき、後方から一輪車に乗った男女がやってきた。二人は軽くフランチェス子に会釈した。

「なにしてるの。そろそろ帰ろうかって言ってるんだけど」

男は首が太い。重量上げの選手のようにがっちりとした体格。

「帰りにお好み焼きでも食べて行かないかって。どうお？」

女は少女に提案しながら、男の肩に片手を乗せてバランスをとっている。鼻梁が低く、鼻の孔《あな》がやや上を向いている。眉が薄く、ぽってりと脂肪がまぶたを被い、さくらんぼのような小さな口をして、肌が均一に白い。

「おねえちゃんなの」

少女はフランチェス子に言った。

「ええ。よく似てる」

「そうなの、いつも言われるの。いやだわ」

「あたしこそ」

姉妹は笑い、

「美人姉妹だよ」

男も笑い、

「じゃ、さよなら」

一輪車に乗って、三人は校庭の中央へと去った。

「肌の色が均一な姉妹だったか？」

古賀さんはフランチェス子に訊いた。

「ええ」

「そりゃ、男をひきつける姉妹だろうな」

男がそそられる女というのは肌質が共通している、というのが古賀説である。透明感のない肌。これが男心をそそってやまぬ肌である。透明感がない、というと一見、聞こえが悪いが、表皮が厚い肌のことである。表皮が厚い、というのも一見、聞こえが悪いが、逆に表皮の薄い肌だと、目の下に常時隈《くま》ができ、疲れがすぐに顔に出、明朗な印象を他人に与えにくい。そこでファンデーションを塗る。ところがふつうに塗っても皮膚が薄いともとの質感とのギャップでひどく濃い化粧をしたように見える。化粧が濃い、という印象は決して男にはプラスに働かぬ。抵抗力も弱く、食品や香料にもかぶれやすい。この抵抗力の弱さは当然、膣の抵抗力の弱さでもある。その点、皮膚の厚い女はまったく逆である。目の下に隈ができなければ、肌の色は均一で、ファンデーションを塗らなくても塗ったようになっていて、口紅をひとさし塗れば、パッとあでやかな顔になる。口が小さければ「化粧が濃い」という印象も与えない。「ちょうどいいくらいのナチュラル・メーク」となる。そして膣の抵抗力の強さは、男を受け入れる空気をナチュラルにかもしだしうる。

古賀さんは各国の処女に憑《つ》いたが、日本ではこれが男心をひきつける女の共通点だと言う。

「さっき来た一輪車の男は姉のほうとデキてるな」

「妹のほうにも気があるんじゃないかなあ。そんな感じがした」

「げははははは。ぎょははははは。おまえなんかに無関係のことだ。いいか、おまえなんかが出る幕じゃないんだよ、そのテのことは。おまえなんかに言われなくったって、あの一輪車の男はよくわかってるのさ。おまえなんか、どうせ冷たい石の女なんだから」

「でも、私、『ルドヴィシの王座』って好きだよ。本物を見たことはないけど」

「ローマ国立美術館で俺は見たことがある。ジーナに憑いてたときに」

「ジーナはローマ国立美術館でパンティをおろしたの？」

「いや。ジーナはふとももが最高の女だった。だから俺はふとももにいた。俺のためにいつもずるずると長いスカートをはいてないとならなかったが、なあに、不便はないのさ。あいつもおまえとおんなじで、そんなふとももを持っていても使い道はなかったんだから。ぎゃひひひひ、ぐひひひひ」

一九六六年の夏、イタリアはとても暑く、ジーナは古賀さんにかまわず半ズボンをはいてローマ国立美術館に行ったのだそうである。

＊

〈こんにちわ。今日は桜がきれいでしたね。それで電話しました。花粉症はたいへんで

しょうけど、のりきってください〉

帰宅後、留守電のメッセージをフランチェス子は聞いた。

〈きれいな桜が見られたってだけでよかった一日でした。また電話します〉

つーつーつー。

〈イジョウ　ニケン　デス〉

かちゃ。ちゅるちゅるちゅる。テープがもどる。

「アホらしい」

古賀さんが舌うちをする。

「そんな自分が吹き込んだ留守電を聞いてたのしいのか？」

「50パーセントくらいたのしい。部屋にもどってきたとき留守電のランプが点滅してるとうれしいから。ランプのちかちかが、にぎやかだから」

分相応なたのしみなのだとフランチェス子は古賀さんに言いながらハナをかんだ。

「スカイナーを飲んどけ」

「そうする。今日は木曜だし」

木曜の夜は教会で聖書の読み会がある。

「あんなもん、休もうぜ」

「あんなもん、なんて言わないで」

「あんなもんだから、あんなもんだよ。五十五になったら修道女になるんだろ。いやほど読めるじゃないか」

「でも、掃除も洗濯も仕事もしたし」

「古いタオルやTシャツをぞうきんにして被災地に送る作業が残ってるだろ」

「そうだったわ。あれをすませないとね」

フランチェス子はオルゴールを聞きながらタオルを縫っていたが、花粉症の薬が効きはじめ、そのまま寝入ってしまった。いったいフランチェス子はもとが頭の回転が遅く、時々回転が止まるのか、不意に寝入ってしまう癖がある。

「おい、起きろ」

「……」

「起きろ、フランチェス子。風邪をひくぞ」

古賀さんに言われ、まぶたを開く。

「まったくしょうがないやつだな。針を持って寝るとはあぶない」

「ほんとだわ。ありがとう古賀さん」

のびをした。

「頭がぼーっとする。首も痛い」

「そんなとこで寝るからだ」

時計を見ると十一時である。

「ちょっと外に出て歩いてくる」

「またハナが出るぞ」

「薬、飲んだから平気だよ」

「夜道でだれかにぶつかり、持っていた本を落とし、そのうち一冊がまちがって相手のと入れ代わって、それがきっかけで恋がはじまるなんてことは、おまえにはないんだからな」

「あはは」

久しぶりにフランチェス子は笑った。

「それ、なんだっけ？　メリル・ストリープとデ・ニーロの映画だよね」

「そうだ」

「よくおぼえてるね」

「ふん。とにかくそんなことはないんだからな、おまえには」

「私にかぎらず、いくらなんでもそんなことのある人のほうがめずらしいよ」

「いいや。ダメ女じゃない、ちゃんとしたアトラクティブな女はそんなことがあるんだ。本がいれちがうことはないかもしれない。しかし、ちゃんとした女は、ちょっとしたきっかけで順調に男の心をひきつけていけるのさ。おまえにはそんな能力はまったく欠落してるからそのつもりで」

「わかってるよ、そんなこと」

夜道にはやはり桜が降っていた。

「昼の桜もいいけど、夜の桜もきれいだねえ」

「また留守電に吹き込むか？」

「はは」

棒読みのような笑い方にもどってフランチェス子が笑ったとき、

「キャーッ！」

悲鳴が聞こえた。

悲鳴のほうを見ると、すぐ横の公園のベンチで女が男におさえつけられている。

「いやっ、やめて！」

女は男に言っている。

はっとして声の方角に身体を向けるフランチェス子を、

「行くなよ。あれは嘘なんだ。ふたりはああしてせっかくたのしんでるんだから、おまえが助けに出たりすると〝この邪魔者〟だぞ」

古賀さんはとめた。

「終わるまで、ここに立ってろ。息をひそめて」

ふたりがいるベンチのうしろは茂みで、茂みに沿って公園の人造の木の柵がある。

「きみのことがずっと好きだったんだ。きみが欲しい」

茂みのすきまから、なんということかそそりたった男性器が見える。

「いや。おねえちゃんがいるじゃない」

茂みのすきまから、なんということかふたりの顔も見えた。一輪車のサークルの男と少女だった。

「やめてっ」

「いいじゃないか。きみだってオレが好きなんだろう」

男が女にかぶさった。フランチェスコ子は迷った。

「行くな。女の〝やめて〟は〝つづけて〟の意なんだ」

「〝ほんとにやめて〟の〝やめて〟かもしれないじゃないの」

「そういうときは〝ほんとに〟をちゃんとつけるんだ。あの少女はただ〝やめて〟と言っとる」

「まだ中学生だから〝ほんとにやめて〟と〝やめて〟の区別がうまく伝達できないのよ」

「まだ中学生？　もう中学生のまちがいだな、それは。赤とんぼの歌を知らんのか。十五でねえやは嫁に行くんだ。明治維新後の学制により、多くの民は錯覚するようになったのだ。学制は動物の生態には則しておらん。動物学的には中学生の年齢の女は充分に成熟しとるんだ。ほっとけ。邪魔するな。嫉妬は見苦しい」

自分が男に性的な対象として映らぬからといって映る女に嫉妬するのは、

「それはあまりにさもしいぞ」

古賀さんは歯（に相当する部分）に力をこめ、フランチェス子の脚が動かぬようにする。

「嫉妬するような元気なんか、とうの昔にすっかりなくなってしまったよ」

心からフランチェス子は少女を心配していた。がた、がた、がたたとベンチが揺れる。

「おねえちゃんと結婚するんでしょ」

「ほんとうはきみが好きなんだ」

なかなか礼儀正しい男だ、とフランチェス子は思った。ほんとうはきみが好きなんだ、というのは少女の心を開かせる。

「脚を、だろ」

「脚も心も開かせる」

たとえ嘘であっても、ここではこう言うのがマナーだ。そうすれば、たとえ姉が彼と結婚しても少女はこの日のセックスについて傷つかない。時とともに「ある春の日のできごと」となり、いくばくかの甘い思い出になる。

「はじめてきみを見たときから好きだった。でもそのときにはもう遅かった、それだけのことなんだ」

「信じられないわ。なら婚約を解消して」

「解消する。明日、彼女には打ち明ける」

男は少女の口をふさごうとし、少女は顔をそむけた。

「いや。それなら解消してからにして」

「今、欲しいんだ。逃がさない」

男の語調が乱暴になり、動き方も乱暴になった。少女の行動も乱暴になった。

「キャーッ！」

かなきり声をあげた。

「おい、あれは本当にいやがっているな。助けてやれ」

「うん」

フランチェス子は柵をまたぎ、茂みを抜けて男の背後に立った。男は行為遂行に必死で気づかなかったが、

「助けてーっ！」

少女はフランチェス子に向かって悲鳴をあげた。

「うん。助けたげる」

フランチェス子は、ズボンがずりさがって素肌が露出している男の背中にそっと手を置く。彼の性器は一瞬にして小さく萎《しお》れた。

「……ごめん。どうかしてた」

男がハッとして少女からはなれたとき、

「あそこです。あそこです」

近所の住人が二人、警官といっしょに走ってきた。少女は泣きだし、泣く少女を住人が抱きかかえ、警官は男の手をぐいと摑む。あちこちで窓が開き、人が集まり、そのうちパトカーが来た。

数日後、フランチェス子はぽつんと部屋でスポーツ新聞を見ていた。

〈おてがら！　女性コンピューター・プログラマー、危うく強姦されそうになった少女を救う〉

新聞には「結婚しようといって巧みに女性をくどき」「かたっぱしから」「見かけはスポーツマンふうの好青年」「タフな逸物《いちもつ》を担保に金を借り」「なかには母娘の被害も」「日本のカバキ」「ほかにも余罪があるとみて追及」等々の文字がならんでいる。フランチェス子については「美人！」と書かれてあった。

「おてがら！　か。よかったな、フランチェス子。そのうえ、美人！　だとよ。ぐははははは」

古賀さんは笑いつづけた。

「借金の担保になるほどのペニスもインポにさせるダメ女、と見出しにされなくてよかったじゃねえか」

警察も保証付きの、男を勃起させない女、それがフランチェス子であった。赤きその唇《くち》ことば持て、白きその手のふれぬれば、彼人《かのと》のペニス、たちまちにして朽ち果つべし。哀《あは》れにも烏滸《をこ》なり、聖処女小夜曲《さんたまりあせれなーで》。

第三章　エリーゼのために

「おい、ちょっと……」

むしあつい夜に古賀さんはフランチェス子を呼んだ。

「なに？」

フランチェス子はコンピューターの画面から目をはなすことなく返事だけした。

「ちょっと、その……」

古賀さんのもの言いはいつになく遠慮がちである。

「ちょっとその、キカイをやめてくれんか」

「忙しいのに」

フランチェス子は舌打ちをし、しかたなくコンピューター・デスクからはなれた。

「なんなの？」

うつむいて股のあいだに首を寄せる。

「じつは……なんだが……」

「なんですって？　よく聞こえないわ」

はー、とためいきをつき、パンティをおろし、首をさらに股に近づける。

「どうしたのよ」

「相談したいことがあるんだが」

古賀さんは言う。

「相談？　いつも私を罵ってばかりいる人がどうした風のふきまわしでしょう」

「西風だ」

そういえば西側の窓のカーテンがゆれている。

「なあ、フランチェス子、おまえはたくさん警察から褒《ほ》められたな」

「うん」

痴漢や強姦魔の被害にあいそうになっている女性を助けたことで、フランチェス子は「おてがら！」と六回も表彰されている。

「表彰状を飾ったら、壁も殺風景でなくなったわ」

白い壁に六枚の額縁がかけられてある。額縁はフランチェス子の手作りだ。宅配便などのダンボール箱を解体して枠組を二セットこしらえる。透明なテーブルクロスの厚手のやつを買ってきてガラスのかわりにする。これと表彰状をはさむようにしてダンボールを接着する。

「ダンボールの色が木の色だからナチュラル感覚の額縁になってるじゃない？」

フランチェス子は「おてがら！」よりも、額縁がじょうずに作れたことをよろこんでいた。

「額縁六個ぶんの経費は８００円よ。透明なテーブルクロス１メートル代だけ」

フランチェス子はぜいたくをしないでつつましく暮らしている。ひとびとがいわれのない差別を受けたり、餓死したりしませんように。中東の人もアラブの人もボスニアの人もカッカしないで早く世界中が平和になりますように。そんなふうなことを、彼女はまじめに願っていた。どこかでなにかの事故が起きたというニュースがあれば、心の底から、どうか死傷者がいないようにと祈り、いたら、心の底からかなしんでいた。そんなふうな子だった。そんなふうな子は女としてはダメなのだった。

「だが、まったく感心な暮らしぶりだな。ずいぶんたくさんの処女に棲んだが、おまえほどつつましい暮らしをしているやつはいなかったよ」

昭和三十年代の賄い付き下宿に住む独身男性とおなじくらいの量の衣服類。仕事に必要なコンピューターとそのデスクまわりの物が唯一の高額物品で、あとはみな廃品を利用したり、人からもらったりして、フランチェス子の住居はなりたっている。

住居は広い。千葉は犬吠埼に近い沿線の町にある、古い平屋である。ちょっとかわった複雑な形をしていた。東と南の窓は両開きのフレンチ・ウインドウであり、南の窓のほうはベランダへ出られるようになっている。ベランダは木の柵で囲まれている。

「この家ね、もともとは、なんとかいう伯爵さまが海水浴なんかをするとき用のお屋敷だったのですって」

ダンボールの額縁入り表彰状は軽くて西風にゆれるので、フランチェス子はちょっと心配して西側の窓を閉めた。西側は下から上へひっぱって閉める式の窓だ。

「それが戦後、だんだんに分割されて売られて、今なんかせっかくフランス窓を開けたって見えるのは迫りくるお隣の家の壁だし、ベランダに出たって庭なんかないし……」

もともとは優雅でロマンチックな海水浴用の別荘であった平屋は、敷地のみならず建物自体がとちゅうで分断されて隣家になっている。しかし、分割され庭もなかろうと、一人暮らしとしては、古いが広い住居だった。

広い住居に、だから、フランチェス子はほとんど物を所有せずに暮らしている。商店街のふくびきで一度、プラダのバッグが当たったが、使うこともなかろうと救世軍本部へ送った。だれかにあげてください。そういう一行だけをつけて。

世の中には自分よりもずっと不運な境遇に暮らしている人がいて、バッグが買えない人もいる。自分はバッグは一個、持っている。そしたら鞄を買えない人にこのバッグが渡って、その人が、よかった、と思ったらたのしいなとフランチェス子は考えた。

郵便局でバッグを小包郵送にしてもらって帰るとちゅう、

〈男が一人もまわってこない女には、男をいっぱい持っている女からボランティアで寄付してもらえるといいのにな、きききききき〉

と、古賀さんは罵っていたが、

〈そうだね〉

フランチェス子はぼんやりと生返事をして、道ばたの雑草がみずいろの花を咲かせているのをよろこんでいた。それをまた、古賀さんは、

〈あの草はな、犬ふぐりという名前なんだぞ。ふぐりというのは何だか知ってるか？陰嚢のことだ。犬ふぐりの咲くのを見てそれでじゅうぶんだと思うあわれなダメ女がおまえだ、きっきっきーのきっき〉

とあざ笑っていたが。

「ところで、相談てなんなの？」

ダンボールの額縁のかかりかげんを心もち直して、フランチェス子は訊いた。

「うむ、まあ、その……」

どうも古賀さんの口調ははっきりしない。

「いちいちパンティをおろさなくてはならないのはたいへんだから、もっと大きい声で話して」

「ごほん。では」

咳ばらいをしてから、古賀さんの声は大きくなった。

「じつはな……」

「ええ、なに？」

「じつは、できものができた」

「できものができた、って。できものは古賀さん、あなたじゃないの」

「俺はできものじゃないぞ。人面瘡だ。グレートでスーパー・ピュアでノーブルな存在だ。できものは、ただのできものだ」

「どれ」

フランチェス子は懐中電灯で股間を照らした。意地悪の権化のような古賀さんの顔がそこにあって、目があった。

「な、なんだかひさしぶりだな、顔をあわせるのは……」

照れている。

「腕で初対面の挨拶をしたとき以来じゃないかな」

伏目がちになる。

「古賀さんが照れるの、はじめて見たわ」

「おまえは、なんとまあ、身体が柔らかいんだな。サーカスに行けるぞ」

話を逸らせた。

「いいから、どこよ？　どこにできものができたっていうの？　ニキビでもできたの？」

しげしげと古賀さんの顔を見るが、できものらしきものは発見できない。もっとも女性器というのはぜんたいにぐじゃぐじゃとしているので、そこに古賀さんが嵌まっているとなってはよけいにややこしい。懐中電灯を照らしつつ、自分でそこを見るというのは、サーカス団員級に身体が柔軟なフランチェス子でも困難なことだった。

「首が疲れちゃった」

ぐるりと首を回転させる。

「気のせいじゃない？　できものなんてできてなかったわよ」

「いや、できたのだ」

「あっ、じゃあ」

フランチェス子の声が高くなった。

「クリトリスがやっとできたんじゃないの？　私、クリトリスがなかったから」

もういちど股間を懐中電灯で照らす。だが、そういうものは見当たらない。

「クリトリスなんかじゃない。おまえにはクリトリスはないんだ。だからオナニーも満足にできないんだ」

「はいはい」

古賀さんがいつもの調子をとりもどしてきたので、フランチェス子はパンティをあげ、体育すわりをした。

「そんなもんじゃなくて、できものなんだ」

「だから、できものなんかなかったってば」

「できたといったらできたのだ」

「あなた自体ができものなんだから、もとい、できものじゃないって言うんなら、人面瘡なんだから、そんなもんのデザインがたしょう変化したところで……」

「俺の顔が変化したんじゃない。肉体が変化したのだ」

「人面瘡に肉体なんてあるの？」

「では、寄生空間が変化したというか、住居のインテリアが変わったというか」

「じゃ、なによ。私のおまんこの内部のインテリアが変わったというの？」

「そうだ」

「どう変わったのよ？　アールヌーボーからアールデコにでも変わったっての？」

「あえて言えばロココに変わった」

「ロココ？　私のおまんこの内部、ロココになっちゃったの？」

「うむ……バロックかロココかで迷ったが、ロココのほうがふさわしいだろう」

「じゃ、なに？　ロココ調のできものがおまんこ内部にできてるの？　私」

女性器の内部は本人には覗けない。

「建築物のように固いものではない」

「そりゃそうでしょうね。建築物がそんなとこにできてたら、私が痛いわよ」

言いながら、フランチェス子は、産婦人科医が自分の性器を診察して内部にミニチュアのヴェルサイユ宮殿があるのを見たらどんなにその医師は驚くだろうと思った。

（でも、小さいスペースしかないんだから、ここはやっぱりプチ・トリアノンなのかしら）

とも。

「プチ、ってフランス語で〝小さい〟でしょ。そのミニチュアだから、プチ・ドゥ・プチ・トリアノンになるのかしらね」

「プチ・トリアノンのミニチュアなんかができてたら俺がたいへんじゃないか。うざったるくてかなわん」

「アントワネットが田舎の村に憧れて、農夫や羊も住まわせたんですものね。のどかな村人と古賀さんはうまくやっていけないでしょうね」

言いながら、フランチェス子は、産婦人科医が自分の性器を診察して内部に、小さい小さい人が干し草をかき集めていたり小川や水車小屋があったりするのを見たら、その医師はミニチュアのヴェルサイユ宮殿があるのより驚くだろうと思った。

（ハウステンボスがあるのとどっちがびっくりするかしら）

とも。

「フランチェス子、おまえ自身はなにか異物感を感じないか？」

「異物感？　そういえば……」

フランチェス子は膣を動かしてみた。

「もうすこし、奥のほうだ、奥のななめ右上くらいを動かしてみろ」

「えーっと、このへんかな」

「ちがう、もうちょっと下だ」

「どこ？　このへん」

膣の動きを移動させてゆくと、たしかになにかあるような気がする。ある、というより、いる、というかんじである。

「これ？　これのこと？」

「そうだ。じつは、いそぎんちゃくができてしまったのだ」

「えーっ」

体育すわりをしているので、あらためて尻餅はつけない。手をうしろについた。

「いそぎんちゃくができたって……そんなもん、こんなとこにどうやったらできるのよう」

「わからん。俺もこんな経験ははじめてだ」

「グレートでピュアでノーブルな人面瘡なんでしょう、教えてよ」

「わからんから、相談したいことがあると言ったんだ。いそぎんちゃくには種子があったかの？」

古賀さんは、いそぎんちゃくが好物だった。いそぎんちゃくの天麩羅というのが北九州の名物料理にあって、それを食べていらい好物になったのだそうだ。しかし、天麩羅はあぶらっこくてもたれるので、生食にしていた。適当なサイズにカットしてフランチェス子が食べさせて（挿入して）いた。なもので、そのせいでいそぎんちゃくが芽生えたのではないかと、古賀さんは推理する。

「スイカを縁側で食って、ぺっぺっとタネを庭にはくと、たまにスイカの芽が出てくることがあるじゃないか」

「……いそぎんちゃくって植物だった？　植物じゃないんじゃないの？　タネまいて生えてくるもんじゃないと思うわ」

「百科事典で調べてみてくれんか。あのキカイにそういうのがあるんじゃないのか」

コンピューターのCD－ROM百科事典のことを言っている。

「……わかった」

いそぎんちゃくが生えている、のか、生息しているのか知らないが、そういうものがおまんこの奥のほうに、ある、んだか、いる、んだかしていると思うと、フランチェス子は下腹部がもぞもぞとするようで、机まで歩いていくほんの数歩のあいだでも、すごく気味が悪かった。

「えーっと、いそぎんちゃく、と」

事典には次のようにあった。

【いそぎんちゃく】刺胞動物部門　Cidaria　↓　細胞が組織をなす組織段階放射相称の動物——。

「動物よ。動物はタネまいたからってできないわよ」

事典はさらにつづく。

刺胞動物の体壁は二細胞層。外側は外胚葉、内側は内胚葉。その二層のあいだには原始的な非細胞性のゼリーのような層がある。この体壁は消化のための胃腔をとりかこむ。胃腔は肛門を持たない。↓　いそぎんちゃく（磯巾着）は、単体または群体で内側へのびる口道をもつ。体はやわらかい円筒状で、多数の触手に獲物がふれると体のなかに包み込み、きんちゃくの口を締めつけたようになる——。

「——ですって。なんでこんなものができるのよ。それで、私のは生きてるの？」

「わからん。おとなしくはしとる。死んでるんじゃないか」

「死んでる？　死んだいそぎんちゃくが私のおまんこのなかに丸ごといるの？」

人面瘡にくわえていそぎんちゃくが発生するなど、これではもう自分の性器内部はめちゃくちゃ高建ぺい率ではないか。

「死んだいそぎんちゃく、などと気持ちの悪い表現をするな。いそぎんちゃくができた、と俺が言ったのは便宜上のことだ。いそぎんちゃくのようなものが、できたんだ」

「同じ種類ならまだクラゲのほうがよかった。透明感があるもん」

「そんなに言ってやるな。なかなかきれいなもんだぞ。壁の色とフィットして。壁ももようがえしたから」

「なんですってー。このうえ、まだなにかいるの？」

〝次々に襲いかかる不運〟ということばがフランチェス子の脳裏に浮かんだ。

「いや、その、めでたいかんじだ」

「クリスマス・ツリーでもできたってんじゃないでしょうね」

「いや、正月だ。壁はいちめんにカズノコができた」

「えーっ」

フランチェス子の黒目が上にあがり、彼女はそのまま床にばたんと仰向けになってしまった。

「おい、フランチェス子。しっかりしろ。おい」

西風の吹く夜で、上下開閉式の窓からはカーテン越しに隣家の明かりが透けている。子供の声も聞こえた。パパ、パパ、きゃっきゃ。パパであろう男が笑っているのも聞こえた。そうだね、ははは。おだやかな千葉の町の夜である。

「う、うーん」

フランチェス子はしばらくして身を起こした。㈱BANGAの社員がくれたミネラル・ウォーターを飲む。ごく、ごく、ごく。一気に500㎖飲んだ。

「古賀さん」

唸《うな》るような声を出した。

「どこがロココ調のインテリアよ。団地じゃないの。人面瘡にいそぎんちゃくにカズノコですって。そんなもんぜんぶがこんな狭いとこに住んでて、まるで団地よ」

「ポスト・モダンじゃないか」

「ネーミングでごまかすのはやめてよ」

「兎小屋よりましじゃないか。兎まで住んでたらいやだろう」

「やめてよ。このうえ、兎だなんて」

「兎のほうが月の世界のようかもしれん。むかしから女は月の満ち欠けによって生きとるというから」

「兎が住むというのは日本だけのことでしょ。中国では蟹なのよ」

「ロシアではハンマーを持った男だというぞ。ハンマーを持った男がいるよりましじゃないか」

「ええ、とんでもないわ」

「なら、①いそぎんちゃく＋カズノコ　②兎　③蟹　④ハンマーを持った男　この四者択一だったらどれを選ぶ？　やっぱり①が一番いいだろ。もっともソフトなタッチだし」

「どれも選ばないわよ。月にはなにもいませんでしたっていうアームストロング・アポロ船長の説にしたいわ」

「まあ、いそぎんちゃくもカズノコも、おまえは知らないから気持ち悪く思うんだ。しゃべるわけでなし、ちょっと窮屈なだけで、感触としては悪くない」

「なら、私には言わないでほしかった。古賀さんが言わなかったら私は平穏に暮らしていられたのに」

そうだ。言わないでほしかった。言わないでいる、ということは、古賀さんにかぎらず、人のほんとうの度量ではないか。フランチェスク子は思った。

たとえば結婚詐欺師がいるとする。なんてきみはすてきなんだ、きみの瞳は湖のようだ、愛してる、結婚しよう、でもちょっと金に困っててね、貸してくれるかい。そう言って金をまきあげて逃げる。まきあげられた者が災難にあったと認識するのは、警察がその人物を結婚詐欺師だと知らせるからである。知らせなければ、被害者の被害は金だけですむ。あの人はどこにいったのかしら、いまごろどこかで海を見ているかもね、と、うっとりできる。

「気分を金額にみつもれば、相当なものになるはずだわ。甘美な気分なんてもの、そうそう入手できるものじゃないもの。だから人は『ローマの休日』を見たり、『マディソン郡の橋』を読んだり、ドラッグを買ったり、ジェットコースターに乗ったりするんじゃないの。まきあげられた金額より甘美な気分の金額のほうが上まわっているはずよ」

それくらいの気分にさせる力がない者は結婚詐欺などできない。

「ちがうな。結婚詐欺師をやるやつってのは、それくらいの気分にさせる力があるやつなんじゃなくて、ちょっとのことでうっとりするようなやつを嗅ぎわけるのがうまいやつなんだよ。つまり、バカがひっかかるんだ。金を貸してくれなんて言われてどうも妙だと、バカじゃなきゃ気づくだろ」

「いいえ、被害者は気づいているはずよ」

金を貸してくれと言われる前から被害者は彼の嘘に気づいている。きみの瞳は湖のようだ。これが自分に該当するはずがない。そんなことは熟知している。そこへ金を貸してくれ、だ。やっぱりね、とさっと心に影が走る。しかし、一縷《いちる》の錯覚にすがる。

「すがりたいんだわ。一縷の甘美な気分だけに。それを、あいつは結婚詐欺師です、なんて教えられたら、一縷もなくなっちゃうのよ」

「いやいや。バカには教育が必要だから教えてやんなくちゃならない。おまえのようなものが、その顔で、そのスタイルで、ひとときでも自分の瞳は湖のようだと信じた愚かさを」

「被害者は信じてなんかいなかったのよ。湖のような瞳ではない者に、きみの瞳は湖のようだと言うような恥ずかしい言動をしてくれた、その勇気に感動したのよ」

恥を自ら買ってでること、これほどの勇気と大きな肝っ玉がほかにあるか。

「結婚詐欺師はお金をとるから警察に叱られるのよ。お金をとらない結婚詐欺は、世の中にわんさかあるじゃないの」

ある女Aが、ある男BとCのふたりと恋愛していたとする。逆でもいい。ある男AはBとCのふたりの女と恋愛していたとする。

「それでAがBと結婚したらCにとってAは結婚詐欺師よ」

しかし、警察はAの罪は問うまい。「好き」とか「愛してる」とか「つきあう」とか「貞節」とか、そんなものはすべてあぶくのように、正体不明のおぼつかないものである。

「いろんな〝好き〟があると思うわ。さまざまな〝愛してる〟があると思うわ。親子や師弟や友情の愛にまで言及せずに、こと恋愛にかぎったって」

エロス（＝恋愛）にもありとあらゆるかたちがある。よく女は「わたしのカラダだけが目当てだったのね」と怒るけれども、目当てにされる肉体を所有していることでさいわいではないか。「きみの瞳は美しい」と「あいつのパイオツはすげえぜ」といったいどこがちがうのか。テニスが好きな男女がテニスで知り合いテニスで愛をはぐくむのと、女の尻にビーンときた男が尻をさわりたくて尻をさわりあううちに愛をはぐくんだり、ハンサムな男の顔にステキと思った女がハンサムな顔に近づきたくて近づけているうち愛をはぐくむのと、いったいどれかが「それはほんとうの恋愛ではない」などと非難できるか。どれかが「これこそが真実の愛」などと判定できるか。

「行く河のながれは絶えずして、しかも、もとの水にあらず。よどみに浮かぶうたかたは、かつ消えかつ結びてひさしくとどまりたるためしなし」

だからこそ。

と、フランチェス子は古賀さんに言った。

「だからこそ、流れているときにせめてだいじにしたいのは羽根飾。騎士が帽子につけてるあれよ。自分が恥をかいても他人には恥をかかせないという騎士道」

いいなずけのいる男が遊女に乞われた。どうかわちきを抱いてくださいまし。わちきはほんにあなたに惚れました。金で身体を買われる身なれど、あなたに捧げる気持ちは清い。どうかいっときわちきを抱いてくださいまし。

「羽根飾をつけているかどうかはここよ。つけていないやつの答えは〝いけません、拙者には決まった人が〟。遊女の、女の羽根飾はどうなるの？　女が自ら抱いてくださいましと乞うてリフューズされる恥ずかしさは女の羽根飾を踏みつぶしてポイとドブに捨てられたようなもの。遊女の人権をまったくもってバカにしてるわ」

「そういうやつはそんなにいないと思うがの。だいたい、遊女ともあろう女が、まったくの通りすがりの男や、写楽の似顔絵で知った歌舞伎役者などに〝ほんにあなたに惚れました〟と思うとは思われん。ほんにあなたに惚れました、と遊女が思うからには、ほんに惚れましたとなる経緯のあるような、つまり相手からの電波もあっての結果であろう。ということは、そやつ（男）は、それなりのことをすでに女と犯しているわけであるから、その時点ですでに覚悟はできているであろう」

「なに言ってんの。できてない人はいっぱいいるのよ。それは羽根飾をつけていないやつなんてやさしい言い方はしなくていい。そういうやつのことを、女の腐ったの、って言うんじゃないの。ちょっと婦人団体からは抗議が来そうな言い方だけど、慣用句として使っておきます。女の腐ったのは、自分のぶざまさがまったく客観視できないの。だから、遊女のとこに足しげく通ってお茶飲んでおきながら〝ああ、拙者はどのようにいたすべきか、ああ、拙者はなんといふ罪深き男よのう〃と悩んでみせるの。悩んでるんじゃないの。悩むのをみせびらかしてるの。みせびらかすことで、〃あー、よかったー、俺、いいなずけに悪いことしなかったから、これからいいなずけの顔見てもラクチンだー〃という保身ができるんですもの。騎士なら遊女の願いを聞き入れ、そのことは墓に入るまでいいなずけには言わず、ひとり胸のうちにおさめる。だからデ・ニーロの奥さんは彼の顔をしばいたのよ」

「デ・ニーロの奥さん？」

「古賀さん、こないだ『恋におちて』の話をしてたじゃないの。あれで、デ・ニーロが奥さんに打ち明けるでしょう。好きな人がいるとかなんとか。でもその人とはセックスしてないんだ、ってデ・ニーロが言ったとたん、奥さんはバシーンと彼をぶったたく。そのときのセリフ、おぼえてる？　〃よけい悪いわ！〃よ。よけい悪いのよ。メリル・ストリープにも恥をかかしてるし、打ち明けちゃったりして奥さんにも恥をかかして、そんで悩んでるのよ。よけい悪いわ」

「ちょっとちがうと思うぞ。メリル・ストリープはたしか自分から〃いけませんわ〃と言ってとちゅうで帰ったんじゃなかったか？　デ・ニーロが拒否したわけではないではないか」

「じゃ、さらにもっと悪いじゃないの。とちゅうまでは同意してキスしたりしたんだから。そんなのセックスしたのといっしょだわ。それを、でもセックスはしてないだなんて。ほんと、よけいよけい悪いわ。そりゃ離婚するわよ。あの場合のデ・ニーロが悩むのはあたりまえだけど、それを奥さんに言っちゃいけないのよ。ああいう悩みは自分だけが呑み込んで、腹をくくるべきであって、それが苦しいなら電話人生相談の人とか、信用できる同僚とか、そういう人に打ち明ければいいのよ」

だから古賀さんもひとり胸のうちにおさめておいてほしかったと、フランチェス子は言った。

「なんという長い説明だ。あんまり長いんでことの発端がわからんようになった。『恋におちて』はなかなかいい映画だったという話だったかの？」

「ちがうわよ。いそぎんちゃくとカズノコのことは古賀さんだけが自分の胸のうちにしまっておくべきだった、という説明をしたの」

「部屋のもようがえがなされたことを、大家に伝える義務が店子にはあるんじゃないかと思うて」

ききき。古賀さんは騎士の羽根飾のことなどどこふく風である。

「なにがグレートでピュアでノーブルな人面瘡よ。グレートでピュアでノーブルな人面瘡の名が泣くわ」

フランチェス子は唐突に布で窓の桟を拭きはじめた。窓の桟のつぎは床や本棚を拭いた。布は古くなったTシャツである。古くなったトレーナーをティッシュ大にカットしておき、あき箱にいれておく。そうして廃品利用をしていた。ほかに古くなったTシャツを枕カバーにしたり、雑巾に縫って被災地へ送ったりしていた。

感心な娘のふりをしている、といつも古賀さんは言う。そうね、ふりをしているだけだわね、といつもフランチェス子は答える。せっせと縫い物をしたり掃除をしたりして単純な労働をしていると、かなしいことやさびしいことを考えずにすむから、ほんとうは被災地の人のことや地球の環境のことを慮《おもんぱか》ってのことではないのかもしれない。なら、感心な娘のふりをしているのであろうと。

「恥をかくってイヤなことだわ。恥ずかしいってとってもイヤなことだわ。できれば恥ずかしい目にはあいたくないわ」

「いそぎんちゃくのようなものやカズノコのようなものが付いてるおまんこはすごく珍重されるんだぞ」

「使う人もいないのにそんなものができて、こんなに滑稽で恥ずかしいことはないわ」

世の中には、恥ずかしい目にすこしもあわずに人心を獲得する娘もいる。そこにただ暮らしているだけで、つきあってください、とだれかが申し出てきて、あとは「そしてふたりはしあわせになりました」をしていればよい。

自分はそういうような娘ではない。そういうような娘ではないうちに、娘というような年齢ではなくなってしまった。

「古賀さんが棲むようになったことも、私にはよく似合ってると思っているの。私は病気をせずに質素に暮らしていければいいと思ってる。そうしてるじゃない。よく知ってるでしょう？ 私の暮らしぶり。こんなに長いこといっしょにいるんだから。だからせめて私には言わないでほしかったわ」

フランチェス子は台所の流しを拭いた。

「使う男もおらんまま、おまんこにいそぎんちゃくとカズノコができる自分の不幸を嘆いているのが、おまえの傲慢なんだ。ダメ女が傲慢になるな、ぎゃははは」

古賀さんはゲラゲラ笑っていた。

告白室で懺悔をすると人は気分が軽くなるというから、私に打ち明けて気分が軽くなったのだろうと、フランチェス子は思った。

＊

日曜日。礼拝のあと、教会の門を出たところでフランチェス子は肩を叩かれた。

「やあ、ひさしぶりじゃないか」

朝志《あさし》と読夫《よみお》だった。フランチェス子がモデルクラブで働いていたときの知り合いである。朝志はスタイリストを、読夫はヘアメイクをしている。

「きみ、四谷に住んでたの？」

「ううん。今日は用事があったから」

千葉から総武線に乗って四谷に出るのは比較的かんたんなので、毎日曜、フランチェス子は四谷にあるカトリック教会まで来ている。

「で、元気なの、フランチェス子ちゃん」

朝志と読夫の息は酒気を帯びていた。昨夜はずっと飲んでふたりでサウナに泊まったのだという。

「ちょっとお茶でも飲まない？」

朝志はフランチェス子の持っている聖書に手をかけながら言った。

「ぼくも聖書とかさ、礼拝とかさ、ちょっと興味あるからなんか話を聞かせてよ」

「ほんと？　そんなにかたくるしいものじゃないのよ、礼拝って。一時間だけだし、べつになにも強制するわけじゃないし」

フランチェス子は朝志と読夫とともに喫茶店に入った。

「うんとね、旧約聖書から読むのも意外におもしろいかもしれないよ。スペクタクル長編だから」

ふたりが聖書に気軽な親しみを持つようにと、懸命にフランチェス子は話した。だが彼らは彼女の話を遮って、

「きみ、ノン子に最近、会った？」

と言った。ノン子というのもモデルクラブ時代の友人で、彼女は経理をしていた。

「いいえ。冬に会ったきり」

「そう。そのときのようす、どうだった？」

「ベージュの帽子をかぶってベージュのコートを着て、こげ茶色の手袋をしてこげ茶色のブーツをはいてた」

「どこで会ったの？　酒を飲むような店？　それともお茶だけの店？」

朝志のほうが上半身をフランチェス子に近よせ、声をひそめるようにして訊く。

「えーっと、たしかノン子のほうから電話があって……」

グレゴリオ聖歌のＣＤが流行っているから買ったんだけど、退屈だからあげる。ノン子はそう言い、やはり日曜日、午後、四谷の喫茶店で会った。

「じゃさ、きみと会ってからだれかと会う約束がありそうだった？」

「さあ」

「化粧のやりかたは前と比べてどうだった？　吸ってる煙草の銘柄が変わってなかった？」

ノン子と会った日のことを思い出しているフランチェス子に、朝志はつぎつぎと質問をしてくる。

「朝志、いいじゃないか、はっきり訊けば？　フランチェス子ちゃんならそういうこと訊いたって大丈夫だよ」

読夫が朝志を制し、かわりに話しはじめた。

「じつはね、朝志はノン子とつきあってたんだけど、どうも最近、状況がよろしくない。それで、ほかに男ができたんじゃないか、とまあ、そういうことを心配してるんだ。どう？　フランチェス子ちゃん、そこらあたり」

質問を受けてフランチェス子は紅茶をごくんと飲んだ。そして答えた。

「わかりません」

朝志と読夫は笑った。

「そうだよな。きみにそんなことわかるわけないよな」

と、読夫。

「自分で訊きゃあいいってもんだろうが、それができないから、こうして朝まで飲み、きみにまわりくどい質問をしてるわけだよ」

と、朝志。

「そうですね。そういうことは、自分では訊きにくいでしょうね」

砂漠の蜃気楼のようにたよりないもので、きっと世の中の男女は「つきあう」ということをしているのだろうなと、フランチェス子は想像した。蜃気楼のようにたよりないものをきらきらと輝くようなドレスに縫いあげるのは、どんなかんじなのだろう。その実感は決して彼女には想像できなかった。彼女は「つきあう」ということと無縁だった。

「では、私が訊いてみましょう」

フランチェス子が言うと、

「えっ、ほんと!?」

ほんと？　ほんと？　と、朝志はくりかえす。

「それとなく訊いてみればいいのでしょう？　答えは私から連絡しましょう」

「いやあ、頼むよ。フランチェス子ちゃんならよけいな口外もしないだろうから信頼できる。正直なところ、教会の前で会ったとき、逃がしてはならんと思ったんだ」

朝志があまりに無邪気に笑うので、その笑顔を見て、フランチェス子は、

（よかった）

と思った。朝起きてカーテンを開けると空が青くてよく晴れている、それを知ったときの気分のように。

帰宅後、さっそくフランチェス子はノン子に電話をしようとして、やめた。

（日曜日にノン子のようなかわいい子が在宅してるわけないわ）

受話器を置き、フランチェス子は４㎞ほどマラソンをして、もどって体操をして、入浴をし、夕食をすませ、本を読んで、寝る前に電話をした。

「あら、フランチェス子。おひさしぶり。どうしたの？　元気でやってる？」

ノン子は今日は一日中外出していたと言った。

「引っ越ししようと思って、ここんところずっと土・日は物件探してるんだ」

おそらく朝志はこの行動を誤解しているのだろう。

「パパもそのうち定年でしょ。その前にマンションの買い換えをしとこうってことにな

ったの。あたし、マスオさんとりでしょ。だから力入れてマンションを探してるの。今、買い時だっていうしね」

表面に出ていることばはこれだけだが、その語調からすると、ノン子はたのしそうにマンション探しをしていて、べつに朝志以外にステディな男性ができたわけではなさそうである。

「お昼ごろ、朝志さんとぐうぜん会ったの」

「あら、そう。さいきんマンションのことで頭いっぱいでデートしてなかったの」

ノン子はいたって明るい。朝志の名前をフランチェス子が出すと、彼女が質問しなくても彼とのことをいろいろと話しはじめた。

自分は経理だからいいが朝志はスタイリストだから不規則で、会う時間が一致しにくい。デートで遅くなるといまだにパパがいい顔をしない。いい年してパパの顔色うかがうのはへんかもしれないが、自分は結局家族といっしょにいるときがいちばんたのしい人間なんだろうと思う。パパとけんかしたくないから門限のことを言うとこんどは朝志がふきげんになる。ふたりとも自宅住まいだからなにかとめんどうなことも多い。等々。

そのあと、

「でも、ちょっとすねると、あたしの顔をのぞきこんで、ノンちゃーん、って心配そうにするところがかわいい」

と、のろけた。

「それでね、前々から頼みたいことがあって、ちょっと言いにくかったんだけど、いちど、フランチェス子のところにふたりで遊びに行っていいかなあ？」

フランチェス子のことは両親も信頼している。いまどき感心な質素な人だと。だからフランチェス子の家に遊びに行きがてら朝志とデートしたい。これがノン子の頼みだった。

「いいよ。隔月末の納品期以外なら」

高校生時代の女の子のような頼みを、フランチェス子はかわいらしいと思った。

「じゃあね、来月の……」

ノン子は日取りを決め、そしてバイバイと電話を切った。フランチェス子はノン子に言われた日をカレンダーにしるしした。

「バカめ。そいつらはここにやってきて、きっとおまえに言うぞ。〝ちょっと外出してきてくれない？〟と。そのあいだにそいつらはセックスするんだ」

古賀さんは、ケッ、とあざ笑った。

「いいじゃない。北の四畳半があいてるもん。そこを使ってもらえばいいわ」

プログラムの納品日しかしるされていないカレンダーに、プライベートなイベント予定がはいったことを、フランチェス子はよろこんでいた。

「ふたりが来たら、せいぜいおしゃべりしてやって、ヤル気を失《う》せさせるといいぞ」

「ううん。私はノン子たちが来たらしゃべらずにすぐ外出する」

「ふん、ばかなやつだ」

じっさい、ノン子と朝志はフランチェス子の家を訪れたとき、古賀さんの予想と寸分たがわぬ行動をして帰っていったが、

「なんだかニューヨークのキャリア・ウーマンになったみたいだわ」

と、フランチェス子は彼らのいなくなったあと、彼らの使った寝具を洗濯しながら思う。

「ねえ、古賀さん、そんなかんじしない？」

洗ったシーツや枕カバーや布団を干しながら、フランチェス子は鼻唄をうたった。

♪バッキー、バッキー、ドルバッキー。肉球おさえりゃうたいだす、真実の猫♪

「こんなふうによ。ねえ、こんなふうによ、〃つきあってる〃ふたりにセックスする部屋を提供して、さ、あんたたち、たのしくおやんなさい、なんてやってるのって、まるでNYの株式市場かなんかでバリバリに働いてる敏腕なワーキング・ウーマンで、恋は

星の数ほどやってきて、あんなつまらないもん、飽きたわ、っていう人で、趣味は天体観測でそのうち新彗星を発見して天文学者になっていく人みたいだと思わない？」

バッキー、バッキー、ドルバッキー。フランチェス子はたのしそうに筋肉少女帯の歌をうたった。

「なにがNYの株式市場だ。あそこで働く処女にも棲んだことがあるぞ。すさまじい暮らしぶりだった。二年も生理がなかった。歯並びが最高の女で、俺は口腔に棲んでやったがさすがに仕事にならん。休暇とりやがって、そんで生理がもどった。俺はとんだ人助けをした」

ダイアンというその女性は、マンハッタンに広いアパートを借りていたが壁には、古賀さんの表現で言うと「毎日見てたら神経症になりそうな抽象画」をかけていたそうだ。

「そうね。抽象画はすてきだけど神経が疲れるわね。部屋のインテリアは精神状態を左右するわ」

ふと自分の内部の、いまわしいインテリアのことに思いが及び、フランチェス子はかぶりをふり、

「そうだ、北の四畳半、ちょっとうらさびしいから、ペンキで壁を塗ってもようがえしない？　うんとリラックスするインテリアにするのよ」

おまんこのインテリアが変わったのだから北の四畳半も変えよう。そうして、そんなふうなことをして、いやなことや悪いことがあっても、そのなかからでもちょっとでもいいことを発見したり、思いついたりするようにしよう。フランチェス子はそういうふうに努力する子だった。

「したいならしろ」

「うん。する」

フランチェス子はアトムペイントと刷毛《はけ》で四畳半の壁をカフェ・オ・レの色にした。海辺で拾ってきた竹や針金や笠のないスタンドを利用してガス灯ふうの照明具もてづくりした。それから、もっとも得意のコンピューターでメインデルト・ホッベマの名画を引き出し、32分割して記憶《ペースト》させ、一枚ずつを拡大してプリントアウトして壁に貼った。『ミッデルハルニスの並木道』が正方形の一辺に大きく飾られた。

「なんだこれは。遠近法で四畳半を大きく見せようとしたのか。単純な発想のやつだ」

「でも、ほら、こうすれば」

壁全体にレースのカーテンをかけた。カーテンも、むろん自分で縫った。

「こうしてレース越しに見れば、まるで窓からミッデルハルニスの並木道が見えてるみたい」

「見えん」

とにもかくにも、部屋のもようがえには一週間を要した。フランチェス子はてづくりした恋人たちの部屋にけっこう満足していた。

「自分がセックスすることもないのに、よくまあ他人のセックスにそんなに協力できるな」

「できない人は、できる人がエンジョイするのをおてつだいすることで、エロスなパワーをもらっているのよ、きっと」

「もらえないパワーだってあるんだニャー、とかいう部分が、おまえの好きな『ドルバッキー』の歌に出てくるじゃねえか、きーっきっきっきっき」

「かなわない夢もあるんだニャー、だよ」

フランチェス子が正しい歌詞を教えると、

「びゃーっひゃっひゃっひゃっひゃ」

古賀さんは全世界の愉快をあまねく集めたように笑った。

「そのとおりだ！　フランチェス子、おまえはぜったいにエロスを享受できないんだ。おまえのような女に勃起する男はいないんだ。いくら四畳半をホッベマの絵やレースのカーテンで飾ろうと、あの部屋で、

いつか、
自分も、
恋人と、
なんてことは、ぎゃーはっはっはっは、きーきっきっきっき、ぜったいにないんだ。
一週間、朝から晩までもようがえに労力を費やして、おまえは、
ただひたすらに、
幸福な他人のための、
部屋を作ったんだ。きっきっきききききき」
ホッベマのノスタルジアあふるる風景画が実は屋内のアトリエで完成されたように、おまえが作った部屋は虚像の空間だ。そう古賀さんは長々と罵っていた。
「じゃあね……」
フランチェス子はかなしい顔もせず、困った顔もせず、古賀さんの言いぶんをすべて肯定し、やすらかともいえる表情で、
「じゃあね、このお部屋の名前、『エリーゼのために』にする。しあわせな恋人たちのための部屋。そして、朝志くんとノンちゃん以外のカップルにも貸す」
あたし、海が見たいわ。不意にこんなことを女が言うようなシーンがさだめし「つき

あっている」のさいちゅうにはおこる。そしたら心配せずに犬吠埼に来てこの部屋に泊まればいい。

フランチェス子は完成した部屋のすみにオルゴールを置いた。犬吠埼で拾ったオルゴールの中身だけに、かまぼこ板を利用して外側をつくって色を塗ったそれは『エリーゼのために』。

*

部屋はけっこう繁盛した。ノン子と朝志がそれぞれ二カップルに教え、その八人がまた他カップルに教え、そのカップルがまた他カップルに教え、ネズミ算式に利用者が増えた。

わりに海の近くにあり、比較的都心からも出やすく、シティホテルにありがちなフロント・チェックの気恥ずかしさが回避され、ラブホテルにありがちな出るときの気恥ずかしさが回避されるとあって好評だった。

フランチェス子は恋人たちの行為が終了するまではひとことも口をきかなかった。呼び鈴が鳴れば、ただドアを開け、だまって彼らを四畳半に通す。彼女は恋人たちにふれないようにも注意した。

「呪われた体質で恋人たちに迷惑をかけてはいけないわ」

と、細心の注意をはらった。理由を知らぬ恋人たちにはそれも好評だった。三歩も四歩もさがっているひかえめで堅実な「よくできた仲居さん」に彼らの目にはうつった。

「遠近法を利用して部屋をワイドに見せているの」

恋人たちの行為が終了したあとにレース越しの名画を指さしたが、どの恋人たちもミッデルハルニスの並木道に関心を抱いてくれないのがフランチェス子の、ちょっとしたがっかりだった。

「ちぇっ」

太陽が高くなり、恋人たちがいなくなったあとの部屋でレース越しにその絵をながめる。ふんわりした青い空と白い雲。向こうのほうに見える赤い屋根。小川。木陰。のんきそうに歩いてくる農夫。

「いい絵なのに。苦労して拡大したのに」

フランチェス子は箒《ほうき》で部屋をはく。

「田園風景画を鑑賞する気分じゃない状態のやつらが来るんだからあたりまえじゃないか、やつらが絵なんかに関心をはらわないのは」

古賀さんは諭す。

「そうかなあ。〝この絵、小さいときに複製画で持ってて、こんなふうなところで暮らせたら、今の生活とはぜんぜんちがう心で生きてたことだろう、ってよく思ったわ〟とか、〝写生に行ったりすると、先生がいつもこの絵をお手本に絵の描き方を話したな〟とかいう話を発端に、子供のころに心におちた影や、思春期のころにすごくやしかったこととか、そんな会話にひろがるじゃないの。部屋をワイドに見せる効果だけじゃなくて、恋人たちの会話をワイドにひろがらせる効果があると思ったのに……」

「ワイドにひろがったら困るんだよ」

「なんで？」

「恋人ができる男というのは会話がないんだ。恋人ができる女というのも会話がないんだ。会話なんかできたら〝つきあう〟対象として見てはもらえない。パーソナリティを持ったら女はダメ女になる。男もおんなじさ、パーソナリティなんかあるやつは、いい人ね、だ」

〝つきあう〟というのは、すべての会話を、「あ、なんかちょっといいみたい」「なんかすごくきらいみたいな」「なんだかよくないっていうか」「うーん、わかんないけどわかるような気がする」くらいですませることである。相手の人格の深い部分にまで入り込もうとしないこと、入り込まれるほどの人格を所有しないこと、これが「つきあう」だと、古賀さんは眠そうに諭した。歴代の寄生媒体にくりかえし諭したらしく。

「セックスだけが目的というほどのドライに腹くくる度量もなければ、エロスの本質を追求しようという覇気もない。まことプラスチックな貞節を守って、カノジョとカレは満足する」

「いい気になる、じゃなくて？」

「そうさ、いい気になるのさ」

すでに古賀さんは半分いねむりにはいっている。

「でなかったら、カノジョなりカレと別れてわずか三ヵ月や半年やそこらで、どーしてそんなにさっさと、

〝今、好きなコがいてさあ〟

なんていう状態に陥れるんだ？」

ふあー、とあくびをする古賀さん。

「だが、そんな〝つきあう〟の方式に賛同することがイイことなんだよ。イイことができないのはダメなんだ。かんたんだろ」

だからもしミッデルハルニスの並木道が好きだったら、

「いいか、こう言わなくちゃいかん。〝あ、なんかまじめっぽいっていうか、みたいな〟だ。それが男をひきつける」

それが男をひきつける、のあたりは、すでにグーグーといびきをかいていた。

「あ、なんかまじめっぽいっていうか、みたいな……、あたしってチャラチャラした学校卒だし、あんまり勉強はしっかりしなかったかなー、みたいな……、よくわかんないけど、ちょっとかなしいっぽいって気分っていうか、みたいな……」

古賀さんの指導を受けてトライしているうちに、もとより回転の遅い頭が混乱してきて、フランチェス子はしゃかりきになって掃除と洗濯をした。

「なんだよ、いるんじゃないか」

庭のない、木の柵だけのベランダにシーツを干していると、読夫が来ている。

「呼び鈴をなんども鳴らしたのに応答がないから、こっちにまわったよ」

隣家とのすきまを通って来たらしい。

「ごめん。洗濯機まわしてたから気がつかなかった」

トレーナーの袖で額の髪をかきあげて、フランチェス子は読夫に玄関口へまわるよう頼む。

「どうしたの？」

玄関で問うと、

「どうしたの、じゃないよ。今日の夕方から俺、予約を入れといただろ」

「え、そうだっけ」

コンピューターに入力した予定表を調べる。

「あ、ほんとだ。四時からになってる」

言ってから、フランチェス子はハッと口に手を当てた。

(いけない！　読夫くんとしゃべっちゃった。どうしよう。これから彼女が来るんだったらその気をなくさせてしまう……)

おそるおそる読夫の股間のあたりに視線を移す。移しながら、そろ、そろ、そろ、とフランチェス子は彼から離れた。ああ、いまわしきかな、呪われた体質。フランチェス子の素肌にふれて話した者は皆インポになるのだ。

(読夫くんのペニス、いつぞやのバイブのようにいたんでしまってたらどうしよう……)

じーっと読夫の股間を見ていたが、彼はべつに痛そうにはしていない。

「しっかりしてくれよ。こういう場所で他のやつとはちあわせるとバツが悪いだろ」

読夫のクレームに、フランチェス子はただ頭を縦にふって「うん、うん、以後気をつける」という気持ちを示した。

「上がっていいかな」

「………」

口に手をあてたままま首をふる。

「この手前の部屋だよね」

「………」

また首をふるだけ。

「さっきベランダのほうまできみをさがしに行って気づいたんだけどさ、ここ、ちょっと酔狂な設計の家だね。この部屋だけぴょこんと他の部屋から独立して北を向いてるんだな」

そう言いながら、読夫が、

「まあ、そのほうがこのアイデア商売にはぴったりの建築だったってわけだけど」

と、フランチェス子の肩を叩こうとし、いきなりふりむいた彼の手が彼女の首にふれそうになった。首は素肌の部分である。

（危ないっ）

彼女はシャーッと飛びのき、みぶりてぶりで「早く部屋に入って」という指示をした。

「なんだよ。なんでだまってんだよ。なんでそんなに離れるんだよ。きみも来いよ。今日はきみに話があって来たんだから」

(なんだ、そうか)

フランチェス子は口に当てていた手をおろし、

「ひとり？　彼女は来ないの？」

声を出した。

「来ないよ。彼女は目下、いないから」

「並木道でオナニーでもするのか」

古賀さんが勝手に言った。

「え？　今、とつぜん低い声にならなかったか？」

「空耳じゃない？」

「そうかな、最近、疲れてるからな。ところで、どうなの、きみのほうは？　このアイデア商売で儲かってる？」

「儲けはルワンダに寄付するんだ」

古賀さんがまた勝手に言った。

「空耳じゃないよ。なんで急に低い声になるんだよ。なんだって？」

「いい絵でしょ、って言ったの」

膣を動かし、古賀さんを制する。

「この絵のこと？　そうだね」

『エリーゼのために』開設以来はじめて読夫がホッベマの絵に関心をしめした。

「俺、この画家の『水車』の複製画を子供のころに持っててすごく好きだった。学校でいやなことがあったりすると、こんなふうなところに住んでられたらいいなと、よく逃避してたよ」

なるほど、このようなことを語る読夫は彼女なしでひとりでここへ来た。

「週末に仕事がないのはめずらしいんだ。うちのクラブ、ちゃっかり業績のばしてるし、俺も仕事してるときが一番たのしくて、自分から進んで週末のやつをとること多いから。週末は雑誌関係が少なくて、素人さんを使う撮影なんかがわりにあるんだよ。そうするとプロのモデルとちがってさ、俺の技術いかんできれいにしてあげられる気がして、おもしろいんだ」

なるほど、読夫はひとりで来た。

「とくに富士額《ふじびたい》の女の子はやりがいがある」

六年前に好きだった富士額の女性の話を、読夫はした。

「今日、ここにひとりで来たのはさ、部屋を利用したかったんじゃなくて、きみにあることを調べといてもらおうって思ってさ」

『エリーゼのために』に来る利用者に「知り合いに富士額の女性はいないか」とそれとなく尋ねておいて、あとで紹介してほしいというのが、ようするに読夫の頼みだった。

「朝志とノン子のことも、じょうずに仲直りさせた手腕なんだし」

「べつにあのふたりはけんかしていたわけじゃなかったのよ。ちょっとした不安を消すおてつだいをしただけ」

「それがだいじなことなんだよ」

読夫は『ミッデルハルニスの並木道』をだまってみつめた。

「額が富士かどうかの検索はできないけど、いまフリーの女の子なら検索できるよ」

「検索？」

「そう。コンピューターにみんなの資料を入力してあるから」

部屋を貸すにあたり、ブッキングはもとより、利用者の希望BGM、希望用具（特殊な物品を使用したいと希望する利用者もいるため）なども入力してある。

「相手の人と〝わかれた〟というしらせをしてくる人もいるから、それもすぐ入力しておかないと。そういう人はブッキングをキャンセルすることが多いから。部屋はひとつしかないでしょう。予約調整をきちんとしておかなくては」

そうしてデータ入力していくうち、女性利用者は排卵期と生理日も教えてくれるようになり、

「カップルの男のほうから、部屋のあきぐあいを問う電話がはいったときに適切なアドバイスをしてあげられるの」

男性は、かなりな年齢の人でも、あきれるほどに女性の身体のシステムについて無知である。「きょうは安全日よ」と言われれば、「安全日」なるものが存在すると信じきっている。そんなものはないのである。排卵があって二週間目に生理がある、ということも知らない人が多い。排卵と卵子存命期間と精子存命期間を考慮して、妊娠しやすい日を「危険日」と言い、そうでない日を「安全日」と言うだけの、たんなる「めやす」にすぎない。生理が不順だということは、排卵が不順だということであり、現代の地球環境に生きる女性の身体がいにしえの環境に生きた女性のシステムのように規則正しくないであろう推測も、ほとんどの男性はできない。そして「そうか、今日は安全日か」と信じ、あとで相手から妊娠を告げられ「ハメられた」などと言う。てめえの無知を棚に上げ。

「きみ、カトリックじゃなかったっけ？　カトリックは避妊しちゃいけないんじゃない

の？」

「宗教の戒律はファストフード店のマニュアルとちがうんです。私の意見だけど。主なるイスラエルの民《たみ》がエジプトから脱出してきたころと社会機構はおおはばに変化しているのだから、いつくしみ深い天の父は、弱き民が社会機構に則したエロスのマナーをつくったことをお怒りになることはないのではないかしら。お怒りになるならば、もっと本質的な戒律違反であろうと」

煮えたぎったお湯につかることが戒律だなどというのは、本質からもっとも逸れている。

「リズム感のない黒人がいるように、納豆の好きな関西人がいるように、カンフーのできない香港人がいるように、避妊をするカトリックもいるのです」

「カトリックでもコンドームしていいの？」

「いずれ私が修道女になったあかつきには、いいのです、と布教しましょう。エロスを獲得できる幸運な者はその幸運を感謝し、エロスを謳歌すればいいのです」

フランチェス子が話していると、

「エピキュリアンになってきたんじゃないのか？　ともに謳歌する相手もいないくせに」

古賀さんがまた茶々をいれた。

「なんで急に低い声になるんだよ。びっくりするじゃないか。腹話術でもやってるの？」

「い、いえ、ちょっと痰《たん》がからんで」

「舐める？」

飴を、読夫はポケットからとりだしてフランチェス子に渡した。

「ありがとう」

フランチェス子は渡された飴を口に入れた。飴を舐める彼女をしばらく読夫は見ていた。

「かわった味の飴ね。薬のような味がする。薬局で売ってる薬用のやつ？」

「まあね。すごく高いんだ、それ」

「そう。そんな高価なものをありがとう」

「手ぶらで来るのもなんだと思ってさ。こないだ久しぶりに会って、ちょっと思うところあって」

読夫は自分も飴を口に入れ、袋からワインを出した。

「これも持って来たんだよ。戒律がマクドナルドのマニュアルのようではないんだったたら、たまにはワインくらい飲めば？」

グラスを探すそぶりをしたので、フランチェス子は彼のためにグラスを一個、持ってこようとし、ちょっと考えて、

（むげに断るのは悪いかなあ）

と、自分のぶんのグラスも持ってきた。

（かたちだけ一杯飲めばいいか）

グラスをテーブルに置いた。読夫がワインをつぐ。

「コンドームが痛いっていやがる女もいるんだぜ。そういう場合はどうしたらいいんだ？」

「あなたがパイプカットすればいいのでは」

「へえ、意外に過激な発言をするんだな、きみは。てっきりオクテだと思っていたのに」

避妊についてまじめに考えることが、なぜ「過激」になるのか。フランチェス子はむしょうに憤りを感じた。

「セックスする以上、避妊のことはよく話し合うべきだわ」

しかし、その話し合うという行為がないのが「つきあう」ということなので、どうし

たらよいかしらと、フランチェス子は言いながらも思った。

（どうしたらいいのかしら……）

考えつづけていると、読夫はワインをぐいぐい飲みはじめた。

「この飴と酒をいっしょに飲むのがすごくいいんだ」

ワインを飲んでいるのにまた飴を口に入れる。一個ではなく二個、入れた。

「猿の頬ぶくろみたいになってる」

「ワインにぴったりのつまみになるんだよ、きみももう一個、舐めろよ」

フランチェス子にも飴をすすめるので、反射的に彼女は口に入れた。

「これ、スピード飴というんだよ」

フランチェス子のくちもとを観察するように読夫は見ている。

「ふうん。籤《くじ》がついてるの？」

「いや。おまけはついてるけどさ」

しげしげとフランチェス子のくちもとを見る。

「さいしょのしっかり舐めた？」

「うん」

「いまのやつも舐めてる？　これとワインをいっしょに飲むんだよ、さあ」

読夫はワイングラスを指し、フランチェス子がワインを飲むのをたしかめる。

「ワインにあうだろ？」

「わからない」

「あうんだ。どんどん飲んで、どんどん舐めていくんだよ」

読夫の声音は、いくぶんだらしなくなりはじめた。

「こないだ喫茶店に行ったときにいちばん印象に残ったことは、きみがクラブにいたころとちっとも変化してないことだった」

モデルクラブをやめて八年になる。

「あのころモア代やウィズ美やアン子はけっこうな売れっ子だったけど、今じゃもうとうがたってて、来る仕事の質もかわってる」

それはそれで自然なことだし、彼女たちも年齢に応じた仕事をエンジョイしながらきちんとこなしているという。

「でも、きみは目尻にも首にも皺《しわ》ができてないし、まるで変化してない。前より若くなってるくらいだ」

（平素は人には見えない部分が変化したのよ。人面瘡はできるわ、いそぎんちゃくはできるわ、カズノコはできるわ、もう、卒倒してしまったくらい……）

言いそうになったが、フランチェス子はワインとともにことばをのみ込んだ。ワインを飲むと、ぽーっとした。

「まあ、そんなことはさておき、クラブにいたときから、ぼくはきみがいったいどういう生活をしてるのかふしぎだった。そのふしぎさまで、変化がない」

読夫は南方を指さし、

「向こうの部屋だってさっきベランダからちらっと見たけど、なにもない。他人にはセックスする場所を貸しながら自分はあんな殺風景な部屋にいて、他人の情事のあとのシーツや枕カバーを洗濯して、いったいきみはいつもなにをしてるんだ？」

また、飴とワインを口に入れる。やや、目つきが野性的になっている。

「だから、シーツや枕カバーを洗濯したりしてるのよ」

コンピューター画面を日夜見つづける仕事のフランチェス子はかすみ目の傾向があり、『エリーゼのために』の部屋は北向きで窓が小さく、夕方ともなると薄暗いせいか、読夫の顔がしっかり見えていない。慣れぬワインを飲んでぽーっとしているせいもある。

「ほかには？」

「本業はコンピューター・プログラマーだからその仕事を」

「ほかには？」

「マラソンしたりラジオ体操したり教会に行ったりする」

ははあ、と読夫は息を吐き、飴は入れなかったがワインを口に入れた。

「じゃ、もっと具体的に訊くけど、カップルがあの部屋でセックスしてるとき、きみ、ここでなにをしてるの？」

「ぞうきんを縫ったり、ラジオを聞いたりしてる。散歩したり、木曜は聖書研究会が近くの教会であるから、それに行ってる。終わるころにもどってくるとお客さんにとってもちょうどいいの」

フランチェス子が言うと、しらけたような息を読夫はまた吐いた。

「気にならないの？」

「なにが？」

「なにが、って、みんながなにをしてるかが、だよ」

「だってセックスしてるんでしょう？　〝つきあう〟をやってる人は会話をしない――」

――って古賀さんは言うし、と言うのまでは抑えた。

「ああ、そうだよ。セックスしてるんだ。みんないやらしいことしてるんだよ。きみはそれが気にならないのか？」

「だって自分には関係のないことだもの」

「なんで？」

「なんでって……。関係ないことだから」

「関係ないって……、なんでだよ。たとえば、きみはクラブにいたころ、ほら、あのクスのことが好きだったんじゃないのか？」

双子のマルクス兄弟。当時、フランチェス子のいたクラブでは兄のマルはいちばんの売れっ子だった。

「クスさん」

フランチェス子はいまでも弟のほうの名を聞くと、中学校のまひるまの校庭や理科準備室の匂いや、高校の体育館の裏の日陰や水飲み場の石の台の触感や、そうした、なんだかクラスの女子全員がばくぜんとなにかを待っていた日々のような気分になる。そんな気分になってすぐに、そんな気分は逃げてゆく。

「クスさん、どうしてる？」

光の消えた心の内部をかんじながら、フランチェス子は訊いた。

「ウィズ美とあやしいって噂だけど、たぶんまだだろうな。ふたりともロミオとジュリエットかなんかみたいにマジでさ、行動にふみきれないってかんじだ」

「そういうかんじって、いったいどんなかんじなんだろう」

フランチェス子は、読夫がそばにいることをすっかり忘れてしまうほど「互いに好き同士なのに牽制しあっている境地や感覚」を想像してみようとした。

「うーん、うーん」

フランチェス子の眉間が八の字になり、がまがえるが踏みつぶされかけたような声が口から洩れる。

「うーん、うーん」

自分が好きになった人が、向こうも自分を好きであるかんじ。いったいどんなかんじなのか。フランチェス子はまったく想像がつかなかった。

「うーん……わ、わからん」

頭が痛くなってきて、フランチェス子はこぶしをにぎりしめた。

「なんでそんな難しい顔でそんなに考えるんだよ。あの飴舐めてワインを飲んでるってのに」

読夫の語調は荒く、それでいて目つきはゆるい。全体としての表情は硬く、それでいてくちもとはゆるい。

「この飴は特殊なクスリなんだぜ。催淫薬を酒といっしょに飲めば、難しいことやイヤなことは忘れるだろ」

そう言って読夫はいきなりフランチェス子に抱きつき、

「俺が忘れさせてやるよ」

彼女の耳に口をおしつけた。

「ああっ、危ないッ！　だめよ、そんなことしたら壊れるッ！」

フランチェス子が警告しているのに、

「壊れてみればいいじゃないか」

彼女のほうが壊れることしか発想できぬらしく、顔を自分のほうに向かせようとした。

読夫の手によってフランチェス子の前髪が後方へかきあげられ、彼は彼女が富士額であることを見ると、

「カトリックだろうがプロテスタントだろうが富士額は富士額だ」

乱暴にトレーナーの襟もとを摑んだ。そのとたん、

「ぎゃーっ!!」

読夫は股間をおさえてひっくりかえった。チノパンツのそこには真っ赤な血がにじみはじめ、みるみるひろがった。

「ああっ、読夫くん」

思わずフランチェス子はかつての同僚の容態を心配し、抱きおこそうとした。すると、

「うぉーっ！」

読夫は股間をおさえていた両手のうち左手を頭に当てた。ごろごろとのたうちまわる。のたうちまわる彼の左手の指のあいだから、溶けるように髪の毛がどろどろと、ばらばらとぬけて床におちてゆく。

「ひぇーっ！」

ごっそりとぬけおちた自分の髪の毛を見て、また読夫は悲鳴をあげ、そして失神した。失神したときには彼はパーフェクトなハゲになっていた。

パーフェクトなハゲになった読夫を見て、フランチェス子も今年二回目の失神をした。慣れぬワインのせいもあったし、スピード飴のせいも多分にあった。

「しゃべってさわるとインポにさせるだけでなく、ハゲにまでさせるとは、天下一品世界一のダメ女よ」

古賀さんの声だけが北の部屋にこだましました。

＊

読夫は手術をした。中央が輪切りになりかかったペニスをくっつける手術は五時間もかかったという。こちらはひとまず成功したが髪の毛はもどらず、現在はカツラを使用しているらしい。

読夫の悲劇がおこって以来、いっそうフランチェスカ子は自分の呪われた体質に細心の注意を払うようになった。

どんなにフランチェスカ子が注意していても、恋人たちのほうがうっかり彼女にふれてしまう危険があった。手や腕や、はずみで額や首といった、素肌の部分に。どんなにフランチェスカ子が注意していても、恋人たちのほうがうっかり彼女に話しかけてくる危険があった。この部屋でいいんですか、とか、あなたのいる部屋にまで音がもれないかしら、とか。

それで、フランチェスカ子は黒い頭巾（目の部分のみ見えるだけ）と黒いマントをてづくりして着用することにした。

「イスラム教の女のようなかっこうをしたキリスト教の女だな」

古賀さんの曰く。

「注意に注意をかさねないと、人々に多大な迷惑をかけてしまうわ」

「ほーっほっほっほ。おまえが男をインポにしハゲにする危険物と知ったら、さぞや、やつらは燃えるだろうに。体質を教えてやりゃ、いいじゃねえか。スリリングなセックスがしたいってやつらがこの世にはいっぱいいるんだから」

「ちがうわ、インポはともかくハゲにはさせないわ。読夫くんはあんなに私としゃべって接触したからよ」

バイブの実験からもわかるように、フランチェス子としゃべりさえしなければハゲになることはなかっただろうし、しゃべってもフランチェス子の素肌にふれさえしなければペニスが輪切りになりかかることもなかっただろう。

「ふん。あやつ、クスリと酒のせいで血迷うたんだな。でなきゃ、おまえのような女にとびかかるようなことはせん」

「そうね。読夫くん、きっと富士額の彼女のことが、いつまでも忘れられなかったんでしょうね。クスリとお酒で、私をその女の人だとみまちがえたのね、きっと」

「富士額フェチか。いろんなやつがいるんだな。フェチってのは本人はどうでもいいんだな。ハイヒール・フェチ、パンティ・フェチ、くつしたフェチ……、ああいう輩は、どんなブスがはいてたハイヒールでも、オカマがはいてたパンティでも、そういうことは楽観主義的に無視して興奮するんだ。でなかったらおまえのような女に……」

「読夫くんの場合はフェチというのではないと思うわ。六年前の富士額の彼女のこと、すごく好きだったのよ。その人だけが好きだったのよ。かわいそうに……」

コンピューターの会員リストから読夫のデータをすべて削除し、フランチェス子は頰づえをついた。

「そうだ。あの男はおまえなんかちっとも好きじゃなかったんだぞ、ちょっとあいつが血迷うたからといってうぬぼれるなよ」

「ええ」

フランチェス子が頰づえをついて考えているのはそんなことではなかった。

「軽いフェティシズムはどんな人にもあるんじゃないのかしら」

年上がいいとか、年下がいいとか、日に焼けてる人がいいとか、色白がいいとか、そんなものもいわば軽いフェティシズムではないのか。

「好みがこまかい、と言え。そんなもんは」

「それ。それよ。そういうこともこれからはインプットしていくわ」

フランチェス子はもっと緻密な会員データを作成することにした。部屋代支払いのおりにアンケートに記入してもらい、こつこつと入力してゆくのである。

結果、音楽の趣味やスポーツの趣味で男に女を、女に男を紹介できるようになったのはむろんのこと、

「俺よりいい学校を出てない子がいい」

という男には、偏差値検索から該当する女を、

「身長180㎝以上でないといや。デブもいや」

という女には、体位別検索から該当する男を、

「家がお金持ちな子だと金がかかるから困る。ふつうくらいの金銭感覚の子がいい」

という男には、両親の収入別検索から該当する女を、

「不規則な仕事の人は会いにくいからいや」

という女には、職業別検索から該当する男を、まるでOMMGかツヴァイのように紹介できるようになった。

それればかりか、読夫のように、

「富士額の女の子にひかれるんだよね」

とか、

「理系で手がごつごつして大きい人にセックスアピールを感じるの」

とか、

「博多訛《なま》りのある女の子がたまらなくかわいい」

とか、

「ボイラー技師で英検3級って人が、とにかくやさしい性格なんだって思うの」

とかいった、人々のオリジナルな思い入れに応じた紹介もできるようになったのは、ありとあらゆる角度から根気よくデータ入力をおこなったフランチェス子のまじめな性格のたまものである。

もっとも、「つきあう」において、オリジナルな思い入れのある人間はほとんどおらず、とりわけ、男の「処女っつうのはイヤだが、ひとりくらいとつきあったことがある、って子がいいな」という希望には99・9％応じられた。なぜなら、二十人とつきあった経験のある女がひとりとしかつきあった経験がないふりをするのは、ひとりとしかつきあった経験のない女が二十人とつきあった経験があるふりをするよりはるかに容易であり、男がそのふりを心から信じるにいたっては赤子の手をひねるより容易だからである。

「目下フリー」の異性を紹介してもらうところから、セックスをする場所の提供、わかれたときのカウンセリング、のろけたいときの聞き役まで、アフターケアのいきとどいた『エリーゼのために』はどんどん繁盛していき、フランチェス子は「犬吠埼のシスター」と呼ばれ、「新宿の母」に迫る人気というのが利用者の声だった。

頭巾をかぶったフランチェス子のいでたちも、理由を知らぬ利用者には神秘的に映り、その神秘さゆえに彼らは彼女には直接話しかけず、相談や希望を自然とアンケート用紙の余白に書くようになり、それだと口では言いにくいことも素直に書けるらしく、ますますフランチェス子のデータは細かなものになり、ますます細やかなサービスが可能となり、ますます『エリーゼのために』は繁盛する。

「まさかこんなことになろうとは」

カレンダーの隔月「30」前後だけにしか「予定」というもののなかったひっそりとした生活が、あれよあれよというまに多忙な生活と化した。

「コンピューターは身をたすくだわ」

掃除や洗濯や恋人紹介をして、毎日を忙しくすごせる、そのにぎやかさを、フランチェス子はよろこんでいた。そして、

「どうか、彼らの〝つきあう〟がエロスをはぐくみ、彼らがとこしえにエロスのよろこびのうちにいられますように。エロスのよろこびのうちに、主の大きなアガペに気づき、かしこくありますように」

と、毎晩、十字架の下でお祈りをしていた。

＊

ウィズ美が来たのは、もうすっかり『エリーゼのために』業がフランチェス子の板についたころである。

「あぶらあげとうどん玉を持ってきたわ。フランチェス子の好物だったわよね」

ウィズ美は台所に包みを置いた。

「ありがとう」

「ううん。お礼なんか言ってもらうほどのものじゃないから。でも、フランチェス子はケーキもお肉も食べないし、装飾品も化粧品も使わないし……」

ウィズ美の瞳はどこか夢みるようで、読夫の言った「ロミオとジュリエットのようにクスと恋をしている」という話を、フランチェス子は思い出した。

庭は今ないが、かつてはあったのであろうあたりに面した南のフレンチ・スタイルの窓をあけたところにはベランダが残っている。そこにジュリエットの夜着のような服を着たウィズ美が月光のもとに立っていたらきっととてもきれいだろうとフランチェス子はうっとりした。

「髪をストレートにしたのね」

現在のウィズ美のヘアスタイルもジュリエットにぴったりだ。

「その……好きな人がストレートのロングが好きだって言ってるのを聞いて……。ばかみたいでしょ。そんなことで髪形を変えるなんて」

「ううん。はじめての舞踏会から帰ってきたお嬢さまみたい」

憧れている女優のピンナップを女学生が見るような首のまげ方をして、フランチェス子はウィズ美を見つめた。

「いやだわ、そんな……」

ウィズ美は頰を染めて目をそらす。

「もう、新車の発表会のお呼びはかからないわよ。ああいうのは二十四までね。でも、もともと、ああいう人がいっぱいのところで何かやるのは好きじゃなかったから……」

ウィズ美はフランチェス子より四歳年下だったが、今は働く女性向きの雑誌や主婦向きの雑誌を中心にモデルをしているという。

「冠婚葬祭のページとか、子供のモデルといっしょに撮ったりしてるの。小さいころは幼稚園の先生になりたいなって思ってたから、たのしいよ」

早くほんとうの自分の子供がほしいから早く結婚したい、とウィズ美は言った。

「モデルの仕事なんてすぐやめるつもりだったの。若いころの思い出に、くらいの気持ちではじめたのね。お姉ちゃんがやってたでしょ、だから、なんとなくひっぱられて」

「クスさんといっしょね」

双子のマルクス兄弟も、クスのほうは兄マルにひっぱられたかんじでモデルをしていた。

「そう……なの。クスくんもモデルなんててんでやる気なかったのよね。そんなこともあって、なんとなく……そのよく話すようになったっていうか……ふたりともちょっとぼーっとしてるみたいなとこがある……ってかんじで……」

「とか」「みたいな」が続出する。なるほど読夫の言ったとおり彼女とクスはお互いに好意を抱きあっているのだろう。

「その……フランチェスカ子はマルくんが好きだったのよね」

なぜかモア代やウィズ美たちは、フランチェスカ子がマルのほうを好きだったとおぼえこんでいるらしい。

「マルくんはいまでは超売れっ子よ。クスくんは、音楽はやってるけど、人に曲かいてるだけで……モデルはもうしてなくて……詩をかいたりもしてて……裏方の仕事のほうが向いてるみたいで……」

クスのことを語るウィズ美は伏目がちで、それでいて生き生きとしている。

「早く結婚できるといいね、クスさんと」

フランチェスカ子が言うとウィズ美は、

「キャアッ」

と、赤くなって叫び、

「ちがうの。ちがうの。そんなの、ちがうの。そんなことまで考える段階じゃないの」

と、ぱたぱたと座布団を叩き、

「結婚なんて、そんな……そんなこと、だめなの。ぜったいだめなの」

と、今度は青くなって泣きはじめた。

「ウィズ美」

フランチェス子はティッシュを渡す。

「クスくんはね、わたしに多大な幻想を抱いているの。結婚なんか無理なの」

本格的に泣く。

泣くウィズ美にフランチェス子は言った。

「でも、恋というのはみんな幻想なんだから、お互いに、好きだなあ、って思ってるんならそれでいいのに」

お互いに好きと思うこと。それはフランチェス子にとっては遥かかなたにある、自分には永遠に入手できないものなので、こんなふうに「ふたりとも好きどうし」になっている人間が泣く原因がわからない。

「クスさんが、結婚制度には反対の人なの？」

フランチェス子が訊くとウィズ美はすこしけげんな顔をしたが、とにかく泣くのを休憩させる力はあった。

「わたしね、こんなに本気で人を好きになったの、はじめてなの。さいしょのうちは気の合うトモダチってかんじで、なにかアプローチしてやろうとか、そんなこと思ったことなかったのよ。でも、友情が自然と恋愛に移行していったの」

『エリーゼのために』のアンケート用紙に綴られる「なれそめ」はこのパターンが80％を占める。フランチェス子は、ほんとうは実感としてはなにひとつ理解できなかったが、データとしては理解していた。

「異性として意識してからは、わたし、なんだか中学生の女の子になっちゃったみたいで、ほんとにドジで……その、恥ずかしいんだけど……こんなこと言うの……その……」

言いよどんだあと、ウィズ美は、

「まだなの」

と言った。

しばらくフランチェス子は推察した。十五分以上推察した。それから、

「それは、まだセックスしてない、ということですか？」

と訊いた。ウィズ美は頬を染めてうなずいた。

「それがなぜ結婚できないことになるの？」

「……と思っているから」

蚊の鳴くような声で、クスくんはわたしを処女だと思っているから、とウィズ美は言い、また泣きはじめた。

「なんだ、そんなことか」

フランチェス子が言うと、ウィズ美はいっそう泣いた。

「そんなことじゃないの。ふつうだったらそんなことかもしれないけど、クスくんにとってそれは、そんなこと、じゃないの。すごくだいじなことなの」

そういう男性もときにはいる。データの知識がフランチェス子にはあった。そういう男性もときにはいるが、そういう男性はしばらくすると次のように言う。

〈いろいろ悩んだこともあったし、見たこともない前の男と彼女が抱き合っているすがたを想像して嫉妬したこともあった。けれど、ぼくは思うんだ。いろんなことがあったから、そんなことのすべてが、今の彼女を作っているんだと〉

と。97％を占める。そして、そういう男性の相手の女のほうは、

〈いやなこともいいことも、みんな、わたしがあなたに会うためにあったことだと、そう思ってる〉

と言う。これは93・8％。それから、またそれを聞いたそういう男性はほほえむ。

〈そうだよ。きっとそうなんだよ〉

と。これは86・6％で、ほほえんでのちに彼女がそばにいた場合、彼女にキスするのは57％だ。

「だからね、ほんとにだいじょうぶよ」

データを示しながらフランチェス子はウィズ美を説得した。しかし、なおもウィズ美は泣き止まない。

「ちがうわ。クスくんがわたしのどこを好きになったかという点が、フランチェス子のデータの人とはちがうわ。彼はね、わたしに言ったの。〝世間の人が派手な女だとイメージしがちなモデルだけど、そんなモデルの仕事をしていても、きみは古風すぎるまでに純潔を守ってたんじゃないかな。ぼくはきみのそんなところがいちばん好きだ〟って。あの、のろのろとしかしゃべらないクスくんがよ、きっぱりとそう言ったの。だから、わたし、彼の期待を裏切るのがこわくて、それで拒否してたら、ますます彼は私を……だと信じ込んだの」

ウィズ美は泣きつづける。泣くうちに、ヒステリックになってきて、フランチェス子の両手をとった。

「ハッ」

ウィズ美は懺悔をしはじめた。

「わたしは二回、中絶をしています。もとより避妊を考えていなかったころです。それから前の男には……あ、ちがいました。前の前の男には、わたしのおまんこはユルイと言われました」

「そんなことを言う男のほうがおかしいわ。避妊のことを考えてなかったのはよくなかったけれど、今考えてるならいいじゃない」

フランチェス子はウィズ美の手の甲にそっと自分の手を置いた。

「ハッ。わたしはクスくんとできない欲求不満でクライアントとついついヤッてしまいました。もうだめだと思います」

もうだめです、もうだめです、と泣いて叫びながら、座布団や机の上のせんべいをフランチェス子に向かって投げるウィズ美。

「落ちついて」

またフランチェス子はウィズ美の手の甲に自分の手を置いてしまい、〝あ、いけない〟

と、ほんのワンタッチですぐにひっこめた。

「ハッ」

ウィズ美は投げたせんべいを拾い集めた。

「わたしなんか花嫁になる資格はありません。バージンロードをどんな顔して歩けばいいのでしょう。こんなわたしがクスくんとは純愛だなんて言っても神さまはお笑いになるでしょうね。それでも純愛であるがゆえに、この愛はほかのものとは一線を画する純愛にしたいと思うのです。それと同時に、わたしなんか、わたしなんかと、自分を責めてしまうのです」

拾い集めたせんべいを、ウィズ美は容器に入れた。

「わたしなんか、と思うことがウィズ美のような人にもあるのね……」

でしゃばるところがなくてかわいくて明るくて、モデルクラブに咲いたマーガレットのようなウィズ美。

「中絶を百回しててもクスさんはウィズ美のことが好きだと思うけどなあ」

人々はだれかのことを「好きだ」と思うと、第三者がなにを言おうがなにを教えようが「好きだ」は変わらない。「好きだ」にならなくなるのは「飽きた」ときだけである。「飽きた」になってもエロスをはぐくんだ男女は「好きだ」が続行する。エロスをはぐくむ男女とはぐくまない男女のちがいは？　そこまではフランチェス子のデータにはない。

「でも、好きだと思われることが、もうなにもかも獲得していることなのよ」

異性から「好きだ」と思われることというのはどういうものなのか、ほんとうにフランチェス子には想像がつかなかった。しかし、事実としてそういう娘は大勢いるし、そういう息子も大勢いる。

そういう娘とそういう息子の意向が一致する場合も多い。娘の傾向として、「好きだ」と言われると「わたしも好きだ」になる。なぜなら、娘は「ひとりでいること」より「だれかがいること」のほうをかくだんに好み、娘が「ひとりでいること」を回避するために「わたしも好きだ」と言うと息子は「おお、俺は選ばれた」とイノセントに信じる傾向があるからである。

「クスさんはウィズ美のことが好きなのでしょう？　中絶のことをうちあけたところでクスさんはちっともウィズ美のことを嫌いにならないと思うよ。中絶したことがあるから嫌われるんだったら、したことない私が好かれる？　そんなことはありえないでしょう？　だいじょうぶだよ、だいじょうぶ」

♪だいじょぶ、だいじょぶ、だいじょぶ♪

ウィズ美のために歌をうたったが、

「フランチェス子、ごめんなさい」

ウィズ美はまたはらはらと涙を流す。

「わたし、フランチェス子が前にわたしにくれた詩をクスくんに手紙で出したの。それが親しくなったきっかけなの」

「私があげた詩？」

「だって、クスくんのことほんとに好きになっちゃったの。だから、フランチェス子のくれた詩のとおりの気持ちだったの」

「私があげた詩って、どんなやつ？」

フランチェス子が首をかしげると、

「わたしの魂が痛み

わたしの心が刺されたとき

わたしは愚かで悟りがなく

あなたに対しては獣のようであった

けれどもわたしは常にあなたと共にあり

あなたはわたしの右の手を保たれる」

と、ウィズ美は、つまりながらも暗唱した。それは聖書の詩篇七十三であった。

「なんだ。私もそれを自分で作ったわけではないから私の詩を盗んだことにならないじゃない。あやまらないでよ」

ほらね、フランチェス子は聖書を示した。

「もし、私がこの詩をクスさんに手紙で出してたら、クスさんは〝わあ気持ち悪い〟と思ったと思うよ」

「好きだ」ではない人物からはなにをされても「気持ち悪い」とか「こわい」とか「重い」とか感じるものだ。90％。

「ちょっとこわいよねー」「なんか重いよね」。よく現代人はこの言い方をするが、現代用語を古語に訳せば「この人、きらい。興味ない」である。「異性としてはきらい、異性としては興味ない」のほうがより的確か。

「ウィズ美が出したから第七十三篇もクスさんの胸にひびいたのよ」

心に愛がなければ、どんなに美しいことばも相手の胸にひびかない。聖パウロのことばより。

フランチェス子は急にウィズ美に背を向けた。不意に涙が出てきて、自分で驚き、それをウィズ美には見せまいとした。

（私のような者が泣いたりして、また古賀さんに怒られる）

とも思った。深呼吸をして涙をとめようとしているフランチェス子の背後から、ウィズ美は小さな香水瓶をわたした。

「いつもわたしが使っているやつよ。フランチェス子が教えてくれた詩を手紙に書いたときも、これを便箋にしたためたの。今日、いろいろと聞いてもらったからお礼にあげる。フランチェス子もいい人を見つけてね」

わたし、クスくんへの愛は必ず実らせるわ、と言い、そしてウィズ美は帰った。

＊

フランチェス子は湯船で首を右と左にまげ、足を揉《も》んだ。

「ぶくぶく。びょうぶるび、びょろぶぇにぶぃぶぁんぶぁぶぁ」

古賀さんは湯のなかで言い、フランチェス子が風呂から出て髪を拭いていると、もういちど言った。

「ようするにのろけにきたんだな」

「渦中にいる本人は悩むのよ」

パジャマを着てウィズ美のことを思い出す。泣いていても、懺悔をしても、彼女はやはり、はじめて舞踏会から帰ってきたジュリエットのようだった。

ロミオとジュリエットにとっては過酷なハードルであろうとも、彼らが互いに愛しあっていることにはなんらかわりはないという事実。

「ほんとは聖パウロは〝ことばを発する人の側の心に愛がなければ、どんな美しいことばも相手の胸にひびかない〟とおっしゃったのだけど、受け手のほうに愛がなければ、どんなに愛をもってことばを発しても相手の胸にひびかないわよね」

光のない心を感じながら、ウィズ美がくれた香水をふとつけてみた。

モンタギュー家かキャピレット家の舞踏会がもよおされている夜に、お屋敷から洩れる光を、茣蓙《ござ》にくるまってぼーっと見ている乞食もいる。

「バッキー、バッキー、ドルバッキー。かなわない夢もあるんだニャー」

ふんふんと歌いながら、フランチェス子は北の四畳半で、シーツや枕カバーを洗濯したものにとりかえ『ミッデルハルニスの並木道』をながめていた。

「この絵はのどかな絵ね。描かれたころにはもうガリレオが創世記に反することを発表していたでしょうに」

洗濯したカバーをかけた大きな枕を抱きかかえてのどかにながめているうち、いつのまにかフランチェス子は眠り込んだ。

（ぐ、ぐ、苦じい……）

息苦しさにフランチェス子はまぶたをあけた。だがまっくらでなにも見えない。ものすごく胸が苦しい。漬けもの石が乗っているかのようである。手を動かそうとすると手首を摑む者がいる。

フランチェス子の上にはクスが乗っていた。

「ウィズ美ちゃん」

その声でわかった。

久しぶりに会うクスのすがたは、だがまっくらでまったく見えない。クスはウィズ美に対する愛の告白をとつとつとしはじめた。

（ぐぐ……）

フランチェス子の口は開かない。なにかわからないが口の中に物がいっぱいはいっていて猿ぐつわをされている。

「ほんとに苦しくないの？」

心配そうなクスの問いに、

「いいの。わたし、あなたと話そうとするといつもアガってしまって、それでいつもあ

なたの前では、
わたしの魂が痛んで、
わたしの心が刺されたみたいで、
わたしは愚かで悟りがなくて、
あなたに対しては獣のよう、
に勝ち気なことを言ってしまうから、こうしていっそ猿ぐつわをして、あなたにわたしを奪ってもらいたかったの」
と、古賀さんが詩篇から抜粋して勝手に答えている。
「ならいいんだけど。猿ぐつわをしてると声がかわるから苦しそうで……」
クスはフランチェス子をきつく抱きしめた。
（こんなにめちゃくちゃな猿ぐつわをされていたら話せるわけがないことが、なんでわからないのよ、クスさん）
クスの胸をどんどんと小突いたが、
「だめだよ、今日こそは逃がさない」
彼は荒い息を吐きながらフランチェス子の首にキスをする。クスの息はスピード飴の匂いがほのかにした。

（私はウィズ美じゃないのよ、ぐ、ぐる……苦じい……）

びっちりと口に詰め込まれた物によってフランチェス子はひとこともことばがでない。じたばたと身体を動かした。だがクスは大きくて力も強く、その強い力でますます強くフランチェス子を抱きしめる。

「ああ、あなたが獣のように変わるのをわたしは待っていたの」

また古賀さんが女声《おんなごえ》で勝手に言い、クスの息は荒くなる。

「いつもひかえめで清純なきみは、本当はワイルドに奪われたかったんだね」

モデルをしてたことからいつも誤解されるが、自分もこと恋愛に関してはニガテであるとの旨を、熱っぽい息を吐きながら彼はとぎれとぎれに言った。

「でも、いつものきみの香りは変わらない。好きだよ、ウィズ美。かわいい」

（ちがうわよ。ごれはウィズ美の香水の匂いであってウィズ美の匂いじゃないわよ。彼女の髪はストレートでしょうが。クスさん、なんでわがらないのよ！）

フランチェス子はじたばたした。するとクスは「がってん承知だ」といったような動作でフランチェス子のパジャマを脱がし、乳房を掴んだ。

「ん？」

クスは短く息を吐く。

「清純な外見とはうらはらに、服を脱ぐと別人のようだね」

摑んだ乳房を揉む。

（ほんとに別人なのよ。べつじん！）

乳房を摑まれてフランチェス子はさらにじたばたしているのに、

「ああ、獣のように私を奪って」

古賀さんが勝手に言い、

（ぢ、ぢょっど、よげいなことを言わないでよ。この人はウィズ美とまぢがえでいるのよ）

もっともっとフランチェス子はじたばたし、もっともっともっとクスは力強く乳房を摑んで揉み、パンティを剝がした。

「ああん、いやいや、やめて、いけないわ、でも、ほんとはいいわ」

シナをつくって古賀さんが言うと、クスはフランチェス子の頰をばしんと叩いた。

（げっ）

フランチェス子がびっくりしているうちに、クスはまた叩いた。

（げっ、げっ）

あばれるフランチェス子の胸部の皮膚や首の皮膚や脇の下の皮膚を、クスは吸いあげ、ペニスを挿入しようとする。

「痛いぃ」

と、これは古賀さんの真実の叫びであろう。フランチェス子もそう思ったが、彼女は猿ぐつわのために叫べなかった。

クスは、自分はあなたが好きだから身体をらくにしましょう、という主旨の呼びかけをして、挿入への試みを続行する。がぎっと、おそらく古賀さんの顎（に相当する部分）の関節（に相当する部分）がはずれたらしい音がしたあと、がりりという感触をフランチェス子はかんじ、かくして彼女の処女膜は掻爬《そうは》された。フランチェス子の内部のいそぎんちゃくは死んだいそぎんちゃくではなく生きたいそぎんちゃくだった。カズノコのほうはレアではなく干したものだった。そこに入って来たクスのペニスは、二者に全体をくまなく吸いつかれた。

往復運動が開始されるとその痛みにフランチェス子は今年三度目の失神をしそうになったが、その前にクスのほうが失神してしまった。

「ウィズ美、ウィズ美」とウィズ美の名前を呼びながら。

「………」

気絶しているクスの身体をごろんと自分の上からのける。

「私はウィズ美じゃなかったのに」

フランチェス子は北の部屋をのろのろと出て、今夜二回目の風呂に入った。しばらくすると、風呂場のガラスのドアがノックされ、

「ウィズ美」

脱衣所からクスの声が聞こえた。

「ウィズ美、ここなの？」

男の事後変化。クスのウィズ美に対する呼び方は、完全に呼び捨てになっている。

(76%)

フランチェス子はデータ数字を思い、ドアノブをぎゅっとつかんだ。

「恥ずかしいから先にお帰りになって」

古賀さんがまた女声をつくって言った。顎の関節をはずしたあとなので、弱々しげでウィズ美そっくりだった。

「けど、フランチェス子さんに代金を支払わないと。彼女、どこにいるの？」

「気をきかせてとっくに奥で寝てるの。あとはわたしがみんなやっておくから、明日電話ちょうだい」

これはフランチェス子がウィズ美の声をまねて言った。風呂場は共鳴するので、うま

く似せられた。

「そう……あのさあ……」

あのさあ。クスの口ぐせである。あのさあ。その口ぐせをフランチェス子はかつてよく耳にしたものである。

「なあに」

またウィズ美の声をまねた。

「あのさあ……電気つけたら……シーツに……その……」

血痕について、

「その、ありがとう」

クスはあたたかいやさしい声で言った。

(私もありがとう)

と、フランチェス子は自分の声で答えたかったが、だまっていた。

「それから……、俺、気を失っちゃったよ……きみの……その、きみのなかは……」

性器の構造をほめてくれた。脱衣所のドアが閉まる音がし、すりガラスの向こう側から人影が消える。

「おい、クスに言えよ。あんたがヤッたのは私だったのよ、って裸で出てってな。さあ、早く出ていけよ」

「行かない」

フランチェス子はシャワーの下でうずくまった。

「なんでだよ。クスに言やいいじゃねえか。あんたがヤッたのは私よ、って。真相を知ったらやつのモノはショックで、おまえにふれずして破裂するんじゃないか。ウィズ美はまちがいなく寝込むぞ。そうなったらどんなに話はおもしろくなるかと、俺はたのしみであんなに痛い思いにも辛抱したんだ。きききききき」

そのたのしみを、古賀さんは、クスが四畳半に入ってきたときに思いついたという。クスはウィズ美との待ち合わせの日時をなにかかんちがいしてやって来たらしい。

「玄関に鍵もかけず、のんきに寝ていたおまえも悪いがクスも阿呆よの。さあ、いつだ？　クスにはいつ言う？」

古賀さんは意地悪な未来の空想にわくわくしている。

「言わない」

キッとフランチェス子は断言した。自分ひとりが胸のうちにしまっておくと。

「言わない？　ばかじゃないのか。おまえがだまっている以上、ウィズ美はきっと自分につごうのいいようにつじつまをあわせるぞ」

「だって、彼女と彼はお互いに好きどうしなんですもの、いいじゃないの。私は言わない」

それはフランチェス子の羽根飾だった。

「クスを失神させたのはおまえだぞ。もっとも俺がインテリアを変えてやったおかげだ」

古賀さんは、もとは「相談がある」などと、おまんこのもようがえの一件に関しては遠慮がちにしていたにもかかわらず、恩きせがましい。

「あのインテリアだもんな。そりゃ、あれじゃあ失神する。よう、ストラディバリウス」

囃《はや》したてた。

「……そんなこと、なんの意味があるの？（相手の）心に愛がなければ、どんな名器も相手のペニスにひびかないわ」

「ひびいたから失神したんじゃないか、ばか」

「私をウィズ美だと思っていたからよ」

シャワーの下でフランチェス子は大きく脚を開き、首をまげて笑顔を古賀さんに送った。液体を浴びていれば笑顔は送れる。頰をつたうものは湯なのかほかのものなのか古賀さんにはわからない。

それからシーツを捨てた。


秋も深まったころ、クスとウィズ美から結婚通知が届いた。

フランチェス子は北の四畳半を掃除したあと、かまぼこ板でてづくりしたオルゴールの蓋を開けた。

「この曲を、ベートーベンはエリーゼのためにつくったの」

フランチェス子のために、という曲ではない。

「それでも、この曲はとてもいい曲ね」

ねじの回転が遅くなり、曲がやむまで、フランチェス子はオルゴールを聞いていた。

第四章　白鳥の湖

新婚旅行で行ったオーストラリアのおみやげを渡したいと、ウィズ美から電話がかかってきた。

「プラチナのネックレスなの」

「そんな高価なもの、いただけないわ」

「いいのよ。フランチェス子にはおせわになったから。わたしがクスくんと結婚できたのはフランチェス子のおかげよ。だってね――」

――クスはあの日、読夫からスピード飴を買い、舐め、酒も飲み、いきおいをつけて『エリーゼのために』にやって来た。だが、いざ部屋の前に立つとどきどきして足がすくんだ。ドアはすこし開いている。足をすくませながらすきまに顔だけ寄せた。と、漂ってくるのはなじみ深いあの香り。「ウィズ美ちゃん」と小声で呼べば「あい」と恥ずかしそうに答えられ、やっと足が動いた。しかし、明かりをつけるのが怖く、まっくらな中で香りをたよりにそうっと布団にはいった。身体を横にすると、クスリと酒のせいで失神するように眠り込んでしまい、処女のウィズ美を抱く夢を見た——のだとウィズ美は言う。

「きっとクスリのせいね。ものすごくリアルだったらしく、夢というより幻覚なのよ。でもわたし、それは幻覚だったのよって訂正しなかったの」

よってクスはウィズ美とすでに一回はセックスしたと信じこんでいて、じっさいにしたときにウィズ美が処女でなくともなんの問題もなかった。

「夢のなかのわたしはもっとちがう抱き心地だったらしいけど、それはクスリも舐めてたし、はじめてで緊張しきっていたからだって思ってて、今はリラックスして……その……ヤッてるの」

だから、前にフランチェス子に懺悔したことは、なにがあってもクスに言わないでくれとウィズ美は頼むのだった。

「そんなこと、もちろんよ。もちろん言わないわ」

「だからネックレスは受け取ってほしいの。口止め料のようでフランチェス子はいやだと思うかもしれないけど、そんなんじゃなくて、わたしのお礼なの。わたし、ほんとにクスくんのこと好きだったし、結婚できてよかったし」

ウィズ美はクスといっしょにネックレスを渡しに行くと言い、電話を切った。

「ほほう。たのしみだな。クスと再会できるじゃないか」

古賀さんがききと笑う。

「どんな顔して会うんだ？」

「……………」

古賀さんの質問には答えず、フランチェス子は古賀さんに質問した。

「古賀さん、私、処女じゃなくなったのにまだ棲んでいられるの？」

「けーけっけっけ」

鵺《ぬえ》のような声で古賀さんは哄笑《こうしょう》した。

「処女じゃないだと？　ヤッた男はおまえとわからずじまいで、なにが処女じゃないだ。おまえが処女じゃないなら、ドストエフスキーはあの世で『罪と罰』を書き直さんといかんじゃないか」

娼婦であろうとソーニャは処女であるというくだりを根底からくつがえさないといけなくなる、のだそうである。

「マリアの聖母受胎だって様相がかわってくるぞ」

「そうかな……。ソーニャやマリアさまは心から清純な人だったのだもの。私とはちがうわ。私はあのときクスさんに……」

抱かれて、と言うべきかどうかフランチェス子はひどく迷った。男がセックスをするとき「抱く」と言い、女がするとき「抱かれる」と言うのはへんてこな気がした。ふたり合意の上でおこなっている行為において、いっぽうの行為は能動形で、もういっぽうの行為は受動形で言うのはへんてこである。

「……クスさんに抱きしめられたとき、あきらかにうれしかったと思うから、私は清純ではないわ」

いくら猿ぐつわを嚙まされていたとしても、いくらクスが大きくて力が強かったとしても、拒否しようとすればできたはずだ。

「強姦された女をケナす男のようなことを言うんだな、おまえは。六回も〝おてがら！〟で表彰されているのに」

「強姦は全然ちがうわ。いくら力の強い女の人でも、急に襲いかかられたらまず精神的にダメージを受けて身体が動かなくなるもの」

フランチェス子は急にクスが自分の上に乗っていたことに驚きはしたが、ゆかしくもあった。

「クスさんのこと、昔、好きだったから。ほのぼのとした気持ちでも、好きは好きだから」

　だから、拒否しなかった自分は清純ではない。

「それなのに古賀さんはまだ私に棲んでるの？」

「ふん。棲んでいてやっているのだ。近ごろは処女の数がへっての」

「おかしいわね。だって生まれてきたときは女の人は全員、処女なのに。出生率がへってるってこと？」

「ちがう。はや三歳くらいで処女ではなくなる女もすごく多いんだ。処女というのは、ヴァギナにペニスが挿入されたかどうかということとはちがうんだ。だからドストエフスキーは……」

　くどくどと古賀さんはロシア文学の話をはじめた。

「私、ロシアの小説は出てくる人の名前がむずかしくておぼえられなくてわからないの。みんなナントカスキー、ナントカスク、ナントカビッチ、ナントカプロウチカ、だから」

　バラライカ、ペレストロイカ、イワノビッチ、チャイコフスキー。これを低い声で早めにくりかえすとロシア語をしゃべっているように聞こえる。

「バラライカ、ペレストロイカ、イワノビッチ、チャイコフスキー。ね、ね、くりかえしてみて。私、ノーメンクラトゥーラみたいじゃない？」

フランチェス子はロシア語のものまねを披露してみせた。

「ほんとにバカだな、おまえは」

知能の偏差値も、女としての偏差値も、

「おまえなんか30だ」

と、古賀さんは言う。

「30もくれるの？　うれしい。前は、ダメ女、ダメ女と言われてばっかりで、ただの0点だったのに」

「クスとセックスできたぶんだ、ちっ」

古賀さんはぶすっとしていたが、フランチェス子はすごくほめられたような気がし、せっせと麦飯（夕飯の残り）をおにぎりににぎった。

＊

四谷の喫茶店の手前で、フランチェス子はすこし考えた。

（どういうふうにしようかしら）

喫茶店にはクスが待っている。セックスをした相手と、セックスをした日とはべつの日にはじめて会うとき、たぶんだれでもすこし身構える、のだろう。

（それとも、みんな平気なのかしら）

自分がまさかセックスをするとは思わなかったので、フランチェス子はそのあたりのことがわからない。性交そのものも、異性と待ち合わせるということも、かけひきということも、それから、電話をかけるきっかけ、とか、どこかへ行く約束をする、とか、いつのまにか自然とよりそう、とか、そういうこと、そういう色恋にかかわるいっさいがっさいが自分にはまったく無関係だと思っていたし、じっさい無関係な日々を送ってきたので、すべては想像・推理するしかない。

（平気じゃないわよね、そんなの……）

ビルとビルのあいだの、ごく細い路地に逸れて考える。

（だってセックスっていったら、ふだんはみんな洋服を着ているのを脱いでおこなうんですもの）

ふだん人間は洋服を着ている。洋服の下にはパンツやパンティをはいているし、女の人だったらブラジャーをしている。それを脱ぐ場所は病院の診察室と風呂場くらいで、寝るときだって、なかには裸で寝るのを常としている人もいるが、おおむねパンツ（パンティ）ははいてパジャマ等を着る。

　診察室や風呂場ではないところで裸になっているのをカメラに収めないかともちかけられ、それに同意した人には多額の金銭が支払われるくらい、裸になるということは特殊なことであるのに、セックスするにあたり、人はあたりまえのように洋服を脱ぐ。

　平素は公にしないよう注意している陰毛や性器を互いに接触しあい、男性器が女性器に挿入されたりする。

　クスとセックスしたにもかかわらず、セックスというのはフランチェス子にとってたいへん奇妙なことに思われた。

（あの人にも陰毛があるのかしら）

　通りを歩いていく女の人を路地から見る。女の人は銀行の制服を着ていた。淡いピンクのブラウスにグレーのベストとスカート。同じ制服を着た女の人とふたりならんで、明るく笑っている。

（それなのにあの人たちもパンティをはいていて、パンティの下には陰毛があるなんて）

　想像できない。

　女の人の次に男の人を見る。男の人はポロシャツを着て綿のズボンをはいていた。髪が短く、いかにもスポーツマンといったふうの人だ。

(それなのにあの人もパンツをはいていて、パンツの下には陰毛や睾丸があるなんて)

やはり想像できない。

(でも、成人には陰毛はあるし、成人じゃなくても人間には性器があるのだわ)

それなのに、みんなそんなものはないような顔をして快活に公道を闊歩していく。いかにもスポーツマンといった髪の短い男の人は、いかにもサワヤカといった女の人と手をつないでいた。彼女は髪をポニーテールにして白いスタジアム・ジャンパーとジーパンを着ていた。

(サワヤカなカップルなのに、それなのにあのふたりもセックスするのかしら)

平素は「やあ、元気?」「うん、ヤッホー」などとサワヤカな会話をかわすサワヤカなふたりが、セックスするときは洋服を脱いでパンツを脱いで、ハアハアと湿った息を洩らしあったり、平素は公にしない肉体の部位を舐めあったり、性器を結合させたりする。それはフランチェス子にとって、とても奇妙なことである。

(服を着ていてもセックスを感じさせる人がセックスをするのはともかく、ふだんはセの字も感じさせないような人がセックスするなんて)

なんだか人々がみんなで自分を騙《だま》してきたような気もする。そう思うと自分に陰毛があって性器があるのが許せなくなり、自分も人々も厚顔無恥な嘘つきに感じられる。

フランチェス子にはクリトリスがない。古賀さんが棲んでいる。クリトリスが欠損しているのと古賀さんが棲んでいるのを、せめてもの救いとし、救いとしつつ、服を脱いでクスとねちゃねちゃと性器を結合させた自分の、身の置きどころのなさに途方にくれる。

(どんなふうに会えばいいのだろう)

フランチェス子は思案するのである。

(みんなはどうしているのだろう)

セックスなんかしなかったように、さらりと挨拶をするのだろうか。そんな行為はたまらなく卑怯な気がする。ニヤニヤと意味深長に笑いあったほうがよほど正々堂々とした行為のように思う。

しかし、

(でも、私がニヤニヤしたって……)

冷たい突風がフランチェス子の胸を吹き抜けた。

これから会おうとしているのは、たんにセックスをした男ではない。彼とセックスしたのは事実なのに向こうはフランチェス子とセックスしたことを認識していない男である。

（だからクスさんは、私と会うからってこれっぽっちも〝どういうふうにしよう〟とは思っていないのよね）

フランチェス子のほうだけが一方的に身構えている状況である。

（そうよね。クスさんは私だと認識していたら勃起しなかったのですもの）

クスとセックスした、それはフランチェス子にとってのみの事実なのである。それでも、セックスした相手と、セックスした日とはべつの日に会うのはフランチェス子を身構えさせたし、身構えるだけでなく、

（気恥ずかしいわ）

といった、人並みな、いっちょうまえな、バスにやっと乗った、一般的な感覚も、ごくわずかに彼女に与えた。

（そういう思いを私なんかが経験できただけでも光栄なことなんだわ）

フランチェス子は乳房にぺったりと両手を当て、深呼吸する。クスは乳房をとても強く摑んだし揉んだしキスした。ウィズ美の乳房だと思ってクスはそうしていたのだけれども、それでも好感を抱いていたクスに乳房をさわられたのは幸せなことであったと、フランチェス子は思う。

（だれもさわらないまましぼんでいくんだと思ってたから、光栄なことだわ）

フランチェス子は通りの横断歩道あたりに焦点のゆるい視線をやり、ほほえんだ。通りを歩く人々の洋服の奥に陰毛がはえていたとしても、それもまた、信号機やガラスやごみ箱やタイヤや、そういったモノと同じように感じられてくる。

黄色い帽子をかぶった小学生。犬を連れたおじいさん。車窓からなにか怒鳴っているドライバー。「SALE　20％　OFF」の貼り紙。立ち話をしている女性ふたり。

日常の、まったくどうということのない光景を、こちらもまた、まったくどうということのない光景として眺められるということはほんとうに幸せなことなのだ。フランチェス子は思う。

（もし、頭が割れるように痛かったり、膝が折れそうに痛かったり、どこか身体の具合が悪かったら、こんな光景もちがって見えるのだろうから……）

余命いくばくもないと知らされたら、きっとバーゲンセールの貼り紙も錦の御旗《みはた》に見えるだろう。怒鳴るドライバーにも生命の活力を見、羨むだろう。長々と愚痴を言い合うことがどんなに安らかなものであろうかと、立ち話をしている女性をまぶしがるだろう。

あるいは逆に、おじいさんの犬を、なんの苦労もなく生きているものとしてにくらしく見るかもしれない。ちまちまと歩く小学生の帽子の黄色に無神経さがこめられているように感じるかもしれない。

寝食の場がちゃんとあり、身体のどこも痛くないこと、そのうえ、ほのぼのとした思いだったけれど、ともかくも好きだったクスが自分の乳房をじかにさわったとなれば、

（私はしあわせ者だわ）

と、フランチェス子は思った。そして喫茶店に入った。戦前の乙女が抱いたような気恥ずかしさに、いくぶん頬を赤くしながら。

「あ、あ、こんにちは」

クスは、彼のしゃべり方の特徴である、やや吃《ども》った、のろい発音で、フランチェス子のほうを向いた。

「こんにちは」

フランチェス子の頬はいっそう赤くなった。セックスした日は部屋がまっくらで久しぶりに会うクスの顔が見えなかった。今は昼間の明るい喫茶店内だからよく見える。三白眼ぎみの目と大きな手。小春日和の縁側のような、どこか昔なつかしいほほえみ。フランチェス子が好ましく思っていたクスの特徴は以前となにも変わっていなかった。ただ、横にウィズ美がいた。

「お久しぶりです。先日はお宅にお邪魔しておきながらご挨拶できずじまいで……」

「いえ……わ、私もその……すっかり眠りこんでしまっていて……こ、こちらこそ……」

ここまで言ってフランチェス子は深呼吸し、

「こちらこそどうもありがとう」

と、クスを見つめた。なぜ礼を言われるのかクスがわからないことは、よくわかっていたが。

「え、え、ま、その」

クスは頭をかいていた。

「ご結婚おめでとう」

フランチェス子は次にウィズ美のほうに向きを変え、花束を渡した。

「まあ、きれいな薔薇の花。いい匂い」

花に顔をよせる。薔薇よりもウィズ美のほうがきれいである。

「ごく内輪だけでオーストラリアへ行って式を挙げたの。いずれパーティをするからフランチェス子もぜひ来てね」

ウィズ美はネックレスの包みをフランチェス子に渡す。

「開けてみて」

「どぞ、どぞ、開けてみてください」

新婚夫妻からすすめられ、フランチェス子は包みを開けた。白金のネックレスだった。

「なんの飾りもついてないけど、シンプルなのがフランチェス子には似合うと思って。ゴールドよりプラチナのほうがフランチェス子の肌には似合うわ」

「私、貴金属の値段ってぜんぜんわからないけど、こんなのとても高価なんじゃないの？」

「そんなことは気にしっこなしよ。シドニーの町で〝穴場がある〟とか言われて行った露店みたいなとこで買ったから、保証書なしの品なのよ」

でも――と、フランチェス子が言いかけたとき、

「まあ、そういうことならよろこんでいただくわ。プラチナのネックレス、とってもほしかったの。うれしーっ」

古賀さんが勝手に女声をつくって言ったので、フランチェス子はあわてて後追い笑いをした。

すると、ウィズ美もクスもほんとうにうれしそうに笑った。

「きっとそれ、すごくフランチェス子に似合うわよ。プラチナって皮膚が薄い人がつけ

るとキラキラするもん」

「そうだよ。それに十字架を通してつけたっていいじゃない」

ふたりに言われ、フランチェス子もうれしくなり、またほほえみ、フランチェス子がほほえむとふたりもまたほほえんだ。

「プレゼントをしたのに相手がにこりともせず〝こんなの悪いわ、申しわけないわ〟と言ったら、贈ったほうはどんな気分がする？　かなしいじゃないか。〝うれしいわ、似合うかしら、どんな洋服のときにつけようかしら〟とよろこんで有効利用を考えたりしてこそ、贈ったほうはうれしいんだ。このパリサイ人《びと》のようなやつめ」

古賀さんが小声でフランチェス子を叱ったが、新婚夫婦は包み紙をたたんだり、ほかの荷物を調べたりしていて気づかなかった。

（そうね。ほんとにそうだわ。ほほえむということはすばらしいことなんだわ）

かなしかったり、腹立たしかったり、さびしかったり、いろんな感情がヒトにはおこるが、うれしいときや親切にされたときは素直に手放しによろこびほほえめば、これほど輝くことはないのである。ほほえみは他人も幸いにするのである。

「なんで、私はそういうことができないのかなあ」

「そういうやつだから俺に寄生されるんだ。おまえがダメ女だからだ」

古賀さんとひそひそやりとりをしていると、クスが薄い封筒をさしだしてきた。

「あの、それからこれね、これはぼくからのおみやげです」

オーストラリアから絵はがきを出そうと思っていたが書いている暇がなくて、さっき駅前の文具屋で買ったのだそうである。

フランチェス子は封筒を開けた。ミロのヴィーナスの写真の絵はがきだった。美術の教科書で見慣れた例の写真である。

「なんでそんなものを一枚あげるの、ってわたしはちょっとあきれたんだけど」

ウィズ美はクスの上腕を肘でつつき、席をたった。彼女がトイレのドアの向こうに消えるのを見とどけてから、クスが言った。

「あの……前にいっしょに仕事してたとき、きみとアニメの話してるのたのしかったです」

「うん。私も」

「だから、ぼくからもなんかひとつあげたくて、それでこれを」

「うん」

あらためてフランチェス子は絵はがきを見る。

「あ、あ、ぼくね、たまにふしぎな夢を見るんだよね」

それは秋からあとに見るようになった夢だと言う。

「ミロのヴィーナスがSFX映画みたいに動きだして、腕もできてて、その人と抱きあってる夢。ミロのヴィーナスって眼球がないじゃない？　そのせいなのか夢のなかでもまた夢を見てるようなかんじで、自分とその人とがどういう関係性なのかよくわからないんだけど、彫刻なのに抱きしめるとてもやわらかいんだ。ふしぎな夢なんだよ」

その夢を見ると失神しそうに気持ちがいいのだとクスは言った。

「これ、ウィズ美にはないしょだよ」

トイレのほうを、クスは気にした。

「相手が天下のミロのヴィーナスならべつにウィズ美も怒ったりしないよ」

フランチェス子は笑った。

「いや、まあ、それはそうなんだけど……、妻を深く愛しているがゆえに気づかう」

クスは照れていた。幸せいっぱいの新婚夫婦である。

「しかし、それはそれとして……その、前からぼくは、その、きみはミロのヴィーナスに似ていると思っていた。くちもととか、おでことか……ミロのヴィーナスに限定しなくても、そのなんとなく、きみはその、体温が低そうで彫刻みたいなので……へんな言い方かもしれないが……だからこの絵はがきを」

ごにょごにょと吃りながら、クスは言った。

「ありがとう」

フランチェス子はうつむき、

「……」

しばらくだまり、それからふたたび顔を上げて、

「ありがとう」

と曇り空が晴天に変わるときのようにほほえんだ。

「うれしいわ。お部屋に飾るわ」

いつまでもお幸せにと心から祈りつつ。

＊

四谷から千葉に戻り、小さな公園を抜けて家にもどる。木々の葉は落ち、風景は全体に茶褐色である。もうすぐ冬だ。

前に中学生の少女を助けたベンチには桜の葉が散っていた。ところどころペンキが剝げて鉄が露出しているベンチに、フランチェス子はこしかける。

あたりは住宅街である。何万戸もありそうな特徴のないデザインの家のテラスで洗濯物をとりこんでいる主婦が見えた。何万戸もの幸福が、冬近き風景のなかにちりばめられているのだなと、フランチェス子は思う。

「みんな、イヤなことやつらいこともあるけど、みんな、そういうことをのりこえてほほえんでいるんだね、きっと」

フランチェス子はだれに言うともなくつぶやいた。シーソーと砂場だけの四角い公園である。ちょうど対角線上のあたりのベンチに数人の人がいたが、フランチェス子の側のベンチにはだれもいない。

「いやにポジティブじゃないか。クスにミロのヴィーナスと言われて気をよくしたか」

「うん、よくした」

「知名度は『ルドヴィシの王座』のまんなかの女より高いからな。だが、きゃつらはどちらも石だからな。石では女としてはダメだな」

「ふうん。じゃ、天下のミロのヴィーナスもダメ女仲間なのね」

「そうだ。あやつはダメだ。男はミロのヴィーナスのことを想像しながらオナニーはせんから。そういうやつはダメ女だ」

古賀さんに言われ、フランチェス子は、ミロのヴィーナスが、深夜のルーブル美術館で「ダ〜メ、ダメ、ダメ、ダメ女」と筋肉少女帯の替え歌を人知れずうたっている光景を想像した。「あーあ、腕が畑のどっかへ行っちゃったから踊りにくいわ」とぼやいているところも。

「お百姓さんが畑を耕していて発見したのよね、ミロのヴィーナスって」

「うむ。林檎《りんご》も出てきたが腕だけ見つからんかったのだ」

よって学術的には、彼女はもとは林檎を持っていたとされている。

「ほんとにそうなのかしら」

ポケットからクスにもらった絵はがきを取り出す。

「みんな、いろいろつらいことがあって、みんな、表には出さないようにしてると思うのね。世の中の多くのことは、表面と内部とでぜんぜんちがうような気がするわ」

「それがなんだ。だからどうした」

「どうもしない」

フランチェス子は、膝の上で、絵はがきのヴィーナスに腕をつけたして描いた。西洋人が「オーマイッガッ《Oh, my God》」と言って肩をすくめるときの腕のポーズ。

「ヴィーナスさんの曰く。〝ワタシってダメね、オーマイガッ〟。古賀さん、これギリシア語でどう言うの？」

「知らん。ギリシアにはいたことはないから。中国語なら〝我実駄目女也、乞嘆仏陀〟だ」

「うそだ」

フランチェス子が膣を動かして古賀さんをパチンと軽く叩いたとき、向こうにいた数人が彼女に近づいてきた。

「アンケートをお願いしたいんです。わたしたちはこういう団体のものです」

ビラを渡してきた。『社内でのセクハラを考える会』。ビラには大きくそう書かれている。

「今なお日本ではセクハラ問題について軽くしか考えていない人が多く、泣き寝入りをしている女性社員も多いんです。そこで、セクハラの実態を調査し、断固糾弾することを目的とし、アンケートをおこなっています」

あなたはセクハラをされたことがありますか、と団体の一員はフランチェス子に訊いた。

「ありません」

「あのですね、セクハラというと多くの人は〝上司に性的な関係を強要され、拒否したらクビにするぞ〟といったような明白なセクハラしか頭に浮かべないようなんですね。

それはむしろ解決が簡単なんです。ちょっとこれを読んでみてください」

ケース①

会社員のA子さん（29）は、同僚のB夫（30）からつきあってくれと言われ、無視していたところ、自宅にB夫から電話がかかってくるようになり困っている。

ケース②

会社員のC子さん（32）は既婚者である。上司のD夫（35）も既婚者であるが「ダブル不倫をたのしもう」と連日のようにもちかけられ困っている。

ケース③

E子さん（25）は大手出版社でバイトをしているが社員のF夫（29）から飲みに誘われ、酔ってしまった彼女は性的関係を持ってしまったが、以後、その関係をつづけるようにしつこく言われる。

以下、ケース④から⑩まで、どれもよく似た話が書いてあった。

「こういうセクハラこそ、女性たちを悩ませる問題なんですね。訴えるにしては脅されているわけでもない、でも、とてもいやな気分で出社しなくてはならないのは事実である、といったケースです」

団体員は男女あわせて五人。五人がそれぞれのケースを早口で補足説明する。

「セクハラの経験がないとおっしゃられるなら、このようなことについてどうお考えでしょうか」

ひとりがペンをスタンバイして用紙に記入しようとする。

「わかりません」

B夫もD夫もF夫も、それぞれ相手の女性がすごく好きだっただけのような気がした。ただ、相手の女性が彼らを好きではなかっただけで。

「この人とセックスしたいとこんなに強く男性をして欲せしめる女性というのは、いったいどんな顔をしてどんな身体つきをしてどんなふうに話す人なんでしょうね」

フランチェス子はほんとうにわからなかった。そういう感情を男性に持たせせしめたことがない人間に、この団体の質問に答えるのは不可能である。

「ですから、そんなふうに性の対象として女性を見ることがセクハラなわけで、わたしたちはそれを糾弾したいのです」

「強姦はぜったいにいけません。けれど、こうしたケースについては糾弾するより……」

そんなことをしなくてももっといい解決策がある、とフランチェス子は提案した。

「どういう策ですか？」

「うんとね、B夫さんとD夫さんとF夫さんをはじめとする10ケースの男性にひとことと言ってあげればいいだけのことだと思います」

「ひとこと言う？　10ケースの女性たちは、それはもう困って、ちゃんと交際を断っているんですよ。思わせぶりなことをして気をもたせている人たちではないんですよ」

「だから、当事者じゃなくて、あなたがたのような団体の方がですね、ひとこと言ってあげればいいと思うんですけど」

「なにをでしょう？」

「〝あなたにもきっと王女さまがやってくるわよ〟って」

かわいそうなB夫さん、D夫さん、F夫さんたちにも、いつか相思相愛になれる相手があらわれますよと、だれかがそっと言ってあげれば、それで彼らは涙をぬぐえるだろうに。フランチェス子はそう思った。

「この①から⑩のケースについてだけなら、私が言いに行ってあげてもいいですよ」

「え？」

「そんなことないよ」「そのうちいい人がきみにもできるよ」「きみはじゅうぶんいい男なんだしさ」等々。こんなふうなひとことを、

「たとえ向こうが〝そんなの嘘だ〟とか反論してきたとしても、そしてほんとに嘘だったとしても、だれかがひとこと言ってあげればそれでどんなに救われることでしょう」

ひいてはA子さんもC子さんもE子さんも救われるというものだ。

「私が行って、多くの人からすればたわいなきそのひとことを、彼らに言います」

そしてフランチェス子は聖書を開き、

「こころの貧しい人は、さいわいである。天国は彼らのものである。悲しんでいる人たちはさいわいである。彼らは慰められるであろう。義に飢えかわいている人たちは、さいわいである。彼らは飽き足りるようになるであろう」

と、団体員に朗読した。

「マタイによる福音書です。愚かでこころがさむざむしい人がセクハラをしてますます自身をさびしくしているのなら……」

10ケースの男性の住所と電話番号を教えてください、とフランチェス子が尋ねたときには、団体員はそそくさと公園を出ていってしまっていた。

「こいつはいい手だ。これから鍋のセットや羊毛布団のセールスに来られたり、家相が悪いと難癖つけて印鑑を買わされそうになったりしたら、今の手で追っ払うといいぞ」

古賀さんは笑った。

「べつに追っ払おうとして聖書を朗読したわけじゃなかったのに……」

フランチェス子はベンチから立ち上がり、家に帰った。

＊

夜になっても、フランチェス子はB夫やD夫やF夫たちのことを考えていた。

「『エリーゼのために』に来ればそういう人に相手を探してあげられるかもしれないのに。彼らにも早く恋人ができますように」

「つくづくばかだな、おまえは。そういうやつらが、相手が見つかると電車のなかでいちゃいちゃするやつらなんだぞ。ときどきいるだろ、電車の中や白昼の道路でブスとブ男同士いちゃいちゃしてるカップルが。バカ・ポジティブ・シンキングなやつらだ」

「当人同士にしてみれば、やっと自分の王子さまと王女さまにめぐりあえてうれしくてならないのよ。それくらい怒ることないのに……。それを怒るなら怒る人に訊きたいわ。電車の中でいちゃいちゃしてるカップルと、エロスとタナトスは一対だとか言いながら泣いているカップルとどこがちがうの？　どっちもすごくポジティブ・シンキングよ」

どちらのカップルも、恋なりエロスなりラブラブなり狂気なり、そうしたイロとコイの範疇《はんちゅう》に含まれるものすべてに、己がふさわしくないのではないかという疑問が微塵だにない。

「すっごく明るくて前向きな思考だわ」

フランチェス子は、女性であるということ自体に自信がなかった。犬吠埼の海は夜はどんな風景になるのだろう。夜の海をフランチェス子は見たことがない。燦々《さんさん》たる昼の波とじゃれた捨て犬が夜の波に潸々《さんさん》と泣く。それが家族とともに眠る人々には吠えているように聞こえたのだろうか、この岬の名前は。

「ねえ、古賀さん」

「なんだ。盲導犬訓練所への寄付金のことなら明日にしてくれ」

「ちがうの……」

フランチェス子は短くないあいだだまっていた。

「なんだ」

「ねえ、古賀さん。結婚しない？」

フランチェス子はパンティを脱いで言った。

「………」

古賀さんの口はぽかんとあいた。

「私、こんな女でしょ。どんな男の人も私には恋愛感情は抱かないのだし、こんな身体でしょ、性生活も営めないわ。だいいち私とセックスしたいと思う人がいないわ。だから古賀さんと結婚するといいと思うの」

「……………」

「私、親もきょうだいもいないし、古賀さんと同棲するようになって――」

同棲するようになってどうであったか、その結論を表す語としてなにが最も的確か、ものすごく長いあいだフランチェス子は考えた。そして、ことばを選んだ。

「同棲するようになって――」

ことばを選びつづけた。

「――するようになって――」

ずっと選びつづけた。

「――、よかったの」

ようやく選んだ。よかったの。それがもっとも的確だと思った。世界にはいろいろつらいこともあって、みんなもいろいろつらいので、自分のいろいろつらいことはいろいろたのしいことに変えていくように、みんないろいろがんばっているから、自分もいろいろがんばろうと、そんなふうに自然に思えるようになったのは古賀さんと同棲するようになってからだから、だからよかった。

「ふんばってがんばるのではないがんばるを、教えてくれた人なの」

「……」

古賀さんの口はぽかんとあいたままである。

「女のほうからプロポーズするようなことをして、だからおまえはダメなんだよ、って古賀さんなら言うでしょうけど」

ミステリアスにそそって誘って、あるいはサワヤカに「あっさり感覚」で「ナチュラルで」「自然体な」態度で甘えて、男のほうから告白→行動せずにはおれないようにしてこそ、男をたてる思いやりのある優秀な女なのだと、古賀さんはいつもフランチェス子を叱る。いちいち言語のひとつひとつにこだわらず考えず、いちいちものごとをおぼえず考えず、脳を使う会話はいっさいしないことこそ、男に「ああいう女にハマると怖いぞ。気をつけろよ」とびびらせない、「イキイキした」優秀な女なのだと、古賀さんはずっとフランチェス子を叱ってきた。

これができるようになったときに古賀さんは歴代の寄生媒体に別れを告げてきたそうである。パリのイボンヌ、ローマのジーナ、NYのダイアン。

「それからだれだったっけ」

北京の麗華、ドミニカ共和国のアファ、キエフのナターシャ、etc.

「教義はよくわかるのよ。古賀さんの叱るとおりだもの」

「つきあってる子」にするなら男という男は、キュリー夫人よりエマニエル夫人を望むだろう。宮沢りえのめんどうくささより常盤貴子のわかりやすさを。女という女は、ガンジーよりベンジーにそばにいてもらいたいと望み、高倉健の仁義よりロックフェラーの経済力を望むだろう。

「私が仮にクスさんに〝あれは私でした〟と打ち明けたって、クスさんがウィズ美を愛する気持ちはなにもゆらがないと思うの」

〝そうでしたか〟で終わりであろう。666人の証人が、すでにフランチェス子にはいるのである。

「666人の男の人は、私とはセックスしたくありませんと言ったわ」

「……〝セックスしたくありません〟と言ったんじゃなくて〝セックスするべきではありません〟じゃなかったか」

ようやく古賀さんはしゃべった。

「同じことよ」

男に対し、性欲より先に理性をたたせてしまう、それがダメ女である。

「666人は、それぞれ人格を持っていて、それぞれ私との関係もちがったわ」

教会で知り合った聖書研究会の人、ゲームやプログラムを納品する仕事相手、高校のときの後輩、大学のときの先輩……。

「みんな私にとってだいじな〝関係〟にある人だった。セックスしたからといって、その〝関係〟はなにもゆるぎはしないと、私は思っていたの。色恋のことをいっさいあきらめきった今もその考えは変わらない」

フランチェス子にとってセックスは「武器」でも「手段」でも「あかし」でもなかった。

「恋人どおしが恋愛《エロス》のよろこびを深めるためにおこなうセックスもあるけれど、そうなっちゃいけないことに〝世間体のマニュアル〟ではなっている関係のふたりが、たとえば、先生と生徒とか、弁護士と依頼者とか、そういうふたりがセックスしたとしても、ふたりの〝関係〟や〝関係における信頼〟はなにもゆらがないと思うの」

さまざまなかたちの性愛がある。飛行機がエアポケットにはいりこむように、ふとつかのまに生じる恋愛も、つかのまどころか長々とつづくけれども蠟燭《ろうそく》の火のようにおだやかな性愛も、

「いろんなかたちの性愛があって、それがふたりのあいだにありさえすれば、そのセックスはとてもピュアなものだと思うの」

と、そう思い、フランチェス子は666人の男に語ったつもりだったが、彼らは彼女

を恐れた。

「セックスを〝あかし〟や〝手段〟や〝武器〟にすることが、セクハラだと思うわ」

フランチェス子はどうしても彼らに自分の思いを伝達することができなかった。

「コミュニケーションする前に〝あなたとセックスするべきではない〟などと男の人に思わせてきたような私は、だから、ほんとうに女としてダメね」

「おまえを恐れたんじゃなくて〝マニュアル〟を恐れたんだよ」

「同じことよ」

マニュアルのハードルを飛び越えさせる女としての能力がフランチェス子にはなかったのだ。

「男には、もとい、666人の男には、おまえのような雰囲気の女が、〝セックスしたのだから彼女とは別れて（奥さんとは離婚して）ちょうだい〟とか〝セックスしたのだから結婚してくれるわね〟とかあとでがんじがらめにまといついてくるように映るのだ。マニュアルにそう載っているからだ。事実、ダメ女じゃない女は、そうは映らないようにして地位（＝彼女、妻という座）を獲得していってるだろうが」

そういう女に首輪をされた男の将来を見てせせら笑うのも古賀さんのたのしみなのだそうである。

「首輪がきつくてぜえぜえあえぐさまといったら吹き出すほどおもしろい。早く、おまえもダメじゃない女になることだな」

古賀さんに言われ、フランチェス子はほほえんだ。

「そうなればいいと思うわ。でも、私にはどうしても古賀さんの教えるようにはできないの。フェアになにもかも手のうちを見せてお互いが苦しくないように交流したいと思うから。それが男の人に〝怖い〟と映るなら、私はこの先もダメなままで、古賀さんの教えるようにはできない。ごめんね」

クスのくれたミロのヴィーナスの絵はがきを、フランチェス子は壁に貼った。そして肩をすくめてみせた。自分がボールペンで描き加えた腕のポーズで。

「パリにいたのなら、イボンヌといっしょにルーブル美術館で本物を見たことある？」

「……ああ」

「じゃあ、いつかいっしょにまたそれを見に行こうよ。結婚しよう」

語尾をいくぶん上げて、フランチェス子が言うとふたたび古賀さんはだまった。

「結婚するっていったって、古賀さんは人面瘡だから婚姻届を出すわけにもいかないし、べつになにも変わるわけではないのよ。ただ〝うん〟と古賀さんが、そんなたわいなきひとことを言ってくれれば、それで落ちつくから」

「ただそれだけのこと。それだけのことだけど、そしたら私たち、今よりもっと、さいわいである、って思えるように思うの」

「……」

「……そこまで……」

古賀さんは小さい声でなにかを言いかけ、声がかすれたので、咳をした。

「そこまであきらめているとは思わんかった。俺と結婚しようと言いだすほど、そこまでおまえが女としてあきらめているとは」

「へんな古賀さん。あんなに私に傲慢になるなと言ってたくせに」

「それでもしぶとく傲慢になるのが、それが女の色気というものなのだ。俺はまちがっとった。完膚なきまでにおまえの女としての能力を奪った」

「あら、古賀さんのせいじゃないのよ。もともとないから」

「いや……」

古賀さんはいったん口を閉じ、それから開き、言った。

「そんなことはない」

「……」

今度はフランチェス子がだまった。だまってぽかんと口をあけたまま、ずいぶんのあいだそうしていたが、やがて彼女の口角が上にあがり、頬の筋肉がくしゃくしゃになり、はげしい笑い声が室内に充満した。

彼女は古賀さんが冗談を言ったと思った。グレートでピュアでノーブルな人面瘡のプライドをかなぐりすてて一世一代の冗談を言ったと思った。

しかし、同時にフランチェス子は古賀さんに対し、マリアナ海溝よりも深く感謝した。彼の親切さに、自分をいたわらんとする気配りに、感謝した。

「どうもありがとう」

すべての男に石膏のように感じさせるフランチェス子であったが、表むきのイメージとは反対にゴムのように身体が柔軟で、するりと首を股間まで曲げ、彼女は古賀さんの額にキスをした。

「愛しているわ」

フランチェス子がキスをしたとたん、彼女の股間から80ルクスの光が放たれた。

「わっ」

まぶしさにフランチェス子はぎゅっと目をつぶり、おどろきに手を後ろについた。ついたまま、薄目をあけてみると、光の強さはぐんぐん増し、大きく開いた股間から2000ルクス以上の光が放たれる。

（いそぎんちゃくに、カズノコに、人面瘡に、このうえなにが？）

いそぎんちゃくの精霊か、はたまたカズノコの精霊か。

（こうなったらもう、なんでも来い）

覚悟していると小陰唇近辺がブルブルと振動し、腰がぬけそうになり、やがて、すぽん、と音がして、部屋のなかが暗くなった。

いや、暗くなったのではない。２０００ルクスの光がなくなったために、その対照で暗く感じるだけである。

しばらくすると目が平常照明に慣れ、フランチェス子は部屋のまんなかに銅像が立っていることを認識した。

「なに、これ……？」

パンティを下げたまま四つん這いになって、銅像のそばに寄る。思いきり汚い像であった。ロン毛（ｌｏｎｇ　ｈａｉｒ）の巻き毛に、右脇には杖、ブルマーをはいてベレー帽をかぶり、旧帝国大学の学生が着ていたようなコートを着て、コートの胸のあたりに扇子をさしている……ように推察された。推察せねばならぬのは、像が錆び錆びの錆び錆びで、ボロボロだからである。

（なんなの、この銅像。貫一かしら？）

コートから『金色夜叉』の登場人物を連想し、

(坂田三吉……じゃないよね……)

扇子から名棋士を連想し、

(日本初の婦人新聞記者の像かなあ)

ベレー帽から思い、

(でも、杖を持ってる……)

だが、座頭市にしてはブルマーをはいている。頭のなかを「?」でいっぱいにしながら、おず、おず、おず、と四つん這いのままさらに銅像に近寄った。

「こんな大きいものが、おまんこに入っていたのかしら?」

体長は185㎝ほどである。

「それとも体内では圧縮されて小さくなれる仕組みがあったのかしら」

圧縮ふとん袋のことをフランチェス子は思い出した。外気にふれてこの大きさになったのだろうか。

四つん這いになったまま、フランチェス子は下から上へ、上から下へと銅像をながめる。眼球に相当する部分はくりぬかれ、がらんどうである。

「もとはなにか嵌まってたのかな」

うかがうように見つめるフランチェス子の尻があがり、ちょうど後背位の体勢をとると、彼女の頭の上を、しゅーっ、しゅーっと飛ぶものがある。燕《つばめ》だった。

「な、なんで燕が？　どこの窓から入ってきたの？」

越冬燕かしら、と古賀さんに問おうとして、股間に首を向けると、

「ぎゃあああっ！」

フランチェス子は蒼白になった。股間には陰毛や大陰唇や小陰唇があるのである。

（いない！　古賀さんがいない！）

人面瘡がそこに在ることに慣れ親しんでしまうと、人面瘡のない股間は、まさしく性の器に見える。

「古賀さん、帰ってきて」

帰ってきて、帰ってきて、とフランチェス子は『シェーン』の少年のように泣いた。

「フランチェス子、ここだ、ここにいるんだ」

聞き慣れた古賀さんの酷薄な声。

「古賀さん」

迷子がママを見つけたような声で、フランチェス子はうつぶしていた顔をがばとあげた。

「ここだ」

そう言ったのはボロボロの銅像である。

「俺は貫一でもなければ坂田三吉でもなければ日本初の婦人新聞記者でも座頭市でもない」

銅像は膝を曲げ、フランチェス子の手をとった。

「俺は王子だ」

フランチェス子の手の甲にキスをする。

「……お、王子？」

フランチェス子は銅像に手をにぎられたまま、膝立ちをした。

「そうだ。俺は王子だ。古賀さんというのは仮名で本名はジークフリートという」

眼球のない顔で、ジークフリートは、

「これは剣だ」

と、杖（だとフランチェス子が推察したもの）を指した。

「それにこれは、ベレー帽じゃない。冠だ」

と、頭を指した。

「それからこれは、帝大生のコートじゃない。絹のマントだ」

と、背中を指し、

「そしてなにより、これは落語家や棋士の持つ扇子じゃない。羽根飾だ」

と、胸を指し、

「つくづく、おまえはばかだな」

はーっとためいきをつく。

「……だって、そう見えたのだもの。あまりにボロボロで錆びてて」

フランチェス子はうつむいた。

「その……ジ、ジークフリートというのは、その……なんだかヘンなかんじで……そう呼ばなくてはいけないの？」

月がその名を月でないとしても、その輝きになんのかわりがあろう。ジュリエットがその名をジュリエットでないとしても、彼女になんのかわりがあろう。古賀さんは古賀さんであると、フランチェス子は言った。

「うむ、シェークスピアか。ちょっと言い回しのディテールがちがうが、まあよい」

古賀さんはフランチェス子が慣れ親しんだシニカルな口調で言った。

「フランチェス子、俺は長いあいだ人面瘡になっていたが、じつは王子なのだ」

「……どこの？」

王制をとっている国家はどこがあっただろう。グレート・ブリテン、スカンジナビア二国、ベネルクス三国、それにたしかトンガ。ほかにはほかには、モナコもそうだったっけか。フランチェス子が考えていると古賀さんが答えた。

「リヒテンシュタインだ」

てっきり「ばか。王子というのはレトリックだ」と古賀さんが答えるだろうと思っていたのにきわめて具体的な国名を名指ししたのでフランチェス子はちょっととまどった。

「リヒテンシュタイン、の、王子さま……？」

「そうだ」

１９２０年、リヒテンシュタインの大公の妾の子として生まれた。妾腹のため公務にはつかず、自国内でボランティア活動をしていた。貧しい人や困っている人を救済しつづけたことで、ある町に銅像がたった。その名も「幸福の王子」。完成時はそれはきれいな銅像で、冠には金、銀がちりばめられ、短剣にはルビーが、瞳には水晶が嵌められた。

「だが、そうした高価なものはすぐに盗難にあったのだ」

古賀さんは、ふん、と斜にかまえた息を吐いた。

「それで燕が飛んでたの……。幸福の王子の親友は燕だったわよね」

「いや、あの燕はぐうぜんだ。あの物語をまねて俺の像が作られたのだ。時代がちがうだろうが、ばか」

像の宝石が盗難にあってからまもなく古賀さんは落馬して顎の左のほうに大きな裂傷ができた。傷ができてまもなく、だれかが焼きごてを古賀さんの就寝中に左頬に当てた。

「そんな……どうして？」

「わからん。犯人もわからずじまいだ」

そのとき二十七歳（まだ未来は輝くと信じていられる年齢）だったせいか、悪いことが重なったせいか、以来、古賀さんはものごとをすべてネガティブにとらえるようになった。

「世の中にそうした人間は多いが、たましいを懸けてネガティブにとらえるとなると、これは相当なエネルギーを要する。〝死んで、眠って、唯それだけなら！　眠って、いや、眠れば、夢も見よう。それがいやだ。この生の形骸から脱して、永遠の眠りについて、ああ、それからどんな夢に悩まされるか〟と、はるか死んだ先のことまでネガティブになるほど強靭なエネルギーでもってネガティビティの道を完遂したのだ。ちなみに引用は王子にふさわしく『ハムレット』三幕一場からだ」

そうするうち、

「俺はボロボロになった銅像と同化した」

のだと古賀さんは言う。

「銅像に同化した？」

「銅像とアイデンティファイしたのだ。以来、年をとってない」

銅像になってから第二次大戦を経て、人面瘡になったのだという。

「……それが、なんで銅像にもどったの？」

「それは」

古賀さんは間を置き、つづけた。

「愛している、と言って額にキスしてくれる乙女にめぐりあったからだ」

「そういうことなら……」

しばらくフランチェス子は銅像の古賀さんを見つめていたが、やがて彼の背中に両手をまわし、

「あなたの名前はジークフリート！」

と、たからかに名前を呼んだ。なんだかよくわからないが銅像とアイデンティファイしたり人面瘡になったりするようなできごとの「相場」でいくと、もひとつ「呪文を解く行動」をすれば人間にもどるのかと思ったのだ。しかし変化はなかった。

「どうしようもないばかだな。名前をあてたつもりなのか。名前ははじめから俺があかしたじゃないか」

「だって、そういう童話がなかった？」

「童話じゃないんだ、俺は。もっと科学的にアイデンティファイしたんだ」

幽体離脱して銅像化したのだそうである。銅像になっても、さらに、たましいのあらゆるネガティビティの核が人面瘡となった。

「なんだ。じゃあ、古賀さんは幽霊なんじゃない。そう言ってくればかんたんなのに」

フランチェス子は、いやだわあ、はじめからそう言ってよ、とポンと銅像の肩をたたく。

「それじゃこれは幽霊の銅像なのね」

「わからんやつだな、王子なんだ」

「私、ほんものの幽霊ってはじめて見たわ」

「王子だってば」

いろいろなものをてづくりするのが得意なフランチェス子は、紙やすりで錆びをおとしたり、油で磨いたり、アトムペイントで色を塗ったり、眼球を粘土でこしらえたりして、銅像を修復した。彼女はほんとうに器用だったので、白いタイツをはいて剣をさして冠をかぶった古賀さんは、とても凜々《りり》しくなった。

「これじゃ、もう、古賀さんと呼ぶほうがヘンなくらいよ」

おお、ジークフリート、とフランチェス子は呼んでみた。古賀さんは照れたが、銅像なので表情は変化せず、動きもぎしぎしとぎこちない。

「今まではうつむいて苦しい姿勢でお話ししなくちゃならなかったから、こうして向かい合ってお話しできるようになってすごくうれしいわ」

フランチェス子は古賀さんの胸に顔を埋めた。石の像の硬い肌ざわりがする。ぎしぎしと音をたてて古賀さんもフランチェス子の背中に両手をまわした。

「石のヴィーナスに男は勃たんとあなたは言ったけれど、私は石の像でもちっともＯＫよ」

＊

「おまえが石の像なのではない。俺が石の像だから勃たんのだ。おまえのせいではない」

目を閉じて古賀さんの冷たい胸にもたれるフランチェス子の鼻の先に冷たい液体が落ちてきた。見上げると石の像は泣いていた。

「俺は男として機能しない」

ぽたぽたと液体はフランチェス子の鼻先に落ちつづける。

「おまえのせいではない。しかし、それをおまえはおまえのせいだと思うであろう。そう思うようなダメ女だから、ダメじゃなくしてやろうと思っても俺はそれができない」

それは男として辛《つら》くぶざまなことであると古賀さんは泣いた。だが古賀さんが泣くことにフランチェス子は強くなにかを思った。いかなる思いであるか伝えようとしてことばを選べない。ただ、フランチェス子は感動した。彼の羽根飾《こころいき》りに。

「男が泣いてはいけないというのは男性差別だわ。女だって泣いてはいけないわ。人間は努力して泣かないようにしなくてはいけない。人生を気持ちよくやっていくように努力しなくちゃいけない。でも、女だって男だって泣きたいときはあるわ」

そういうときは泣いてもいい。フランチェス子は目の下にネピアのティッシュを当てた。

「王子製紙のティッシュよ」

「ばかなシャレを……ほんとにおまえはばかだな……」

いつものセリフを古賀さんはごく小さな声で言った。フランチェス子はネピアをつづけて彼に渡していった。

「なにも話さずにただ無難なことだけをおしゃべりしてセックスしているカップルより、私と古賀さんのほうが深くつきあっていると思うわ」

フランチェス子は首から白金のネックレスをはずした。クスとウィズ美の新婚旅行のおみやげのネックレス。それをフランチェス子は彼の首にかけた。白金は石の像の胸もとできらきらと輝いた。

「似合う」

フランチェス子は彼を長いあいだ見つめ、

「あなたと知り合えてよかった」

心からほほえみ、

「ネガティブな思考を天性に持った者が、その重圧から自分を否定し自分を悔やむことで逃げようとしていたのを、あなたはネガティビティとリラックスして気軽につきあうすべを教えてくれた」

心から思い、

「愛しているわ」

額ではなく、口にキスをした。硬い石の唇がフランチェス子の唇にまずふれたが、やがて、あたたかい舌が彼女の口のなかに侵入してきた。そして、顔の左に深い傷と火傷を負った生身の男がフランチェス子の背中や腰や尻を砕けそうになるほど強く抱きしめた。

そういうわけで、フランチェス子のもとにもようやく王子さまが訪れたのだった。しかもほんとうの王子が。目下、ふたりは貪《むさぼ》るがごつ淫蕩な行為をおこなっている。

「愛は寛容であり、愛は情け深い。愛は高ぶらない、誇らない、不作法をしない、自分の利益を求めない、いらだたない、恨みを抱かない。すべてを忍び、すべてを望み、すべてを耐える。愛はいつまでも絶えることがない」

聖書、コリント人《びと》への第一の手紙にもある。と、事後、フランチェス子が朗読しようとするときにはきまって、ジークフリート王子は失神していた。例のいそぎんちゃくとカズノコ（のようなもの）は依然、フランチェス子の体内で健在だったから。

文庫版あとがき

文庫化にあたり、ここに聖フランチェスコについてだけ、すこし記しておこうと思います。

ジョバンニ・フランチェスコ・ベルナルドーネは一一八一年に、イタリアのアッシジ市に、裕福な毛織物業者の息子として生まれました。当時のイタリアはいくつかの公国からなり、よく戦争がありましたし、十字軍の遠征もおこなわれていました。フランチェスコも戦争を体験しました。牢獄にもつながれましたし重い病気にもなりましたが、騎士として新たな戦いに出発したころ、ハンセン病患者に会ったのです。そのときフランチェスコはその患者を恐れ、嫌悪し、逃げ出しました。そんな自分の内を見つめた彼は愕然とし、ふたたび患者の前にもどり、患者にキスをしました。患者はよろこびました。そのよろこびにフランチェスコ自身も癒されました。そののち十字架から神の声を聞き、貧しい人や病む人の救済と聖書の教えを説く生活へと入っていきます。持てる物

ホッベマ『ミッデルハルニスの並木道』　E.Lessing／PPS

はすべて人々に差し出し、自らは一枚きりの服を洗ったり繕ったりして着るだけ、食べるものもわずかの水とパンのみの質素このうえない暮らしで布教につとめました。すでに教会の権威主義が確立していたころだったので、彼や彼の仲間のぼろぼろの洋服は物笑いの種になりましたが、やがてその澄んだ心に多くの人が敬服するようになり、一二二六年没。一二二八年、グレゴリオ九世によって列聖されました。

また、作中に出てくるホッベマの『ミッデルハルニスの並木道』も参考までにここにつけておきます。見たら、ああ、これか、と思われる方の多い絵だと思います。美術の時間などに遠近法の例としてよく挙げられます。

解説　姫野カオルコに魅了された日

米原万里

「ウックックックッ」

人品骨柄卑しからぬ紳士たちは、一斉に訝《いぶか》しげな視線を私に向ける。それが私の堪忍袋の緒をくすぐる。

「どうしたんですか、米原さん？」

ついに緒がぶっち切れた。

「クッ、クァ、クハ、クハハハハハヒヒヒヒヒ」

身を乗り出して心配そうに私の顔をのぞき込む者もいる。

「ヒヒヒヒック、あ、あたし、この本取り上げたいんですけど」

某新聞の書評委員会でのこと。二週間に一度集まって、その間に日本で刊行されたゴマンという本の中から今週と来週の日曜日の書評欄で取り上げる本八冊ずつ都合十六冊とその評者を選ぶ。まず第一ラウンドでは、あらかじめ担当記者たちが選んだ五、六百冊の山の中から各委員が書名や著者名や表紙や帯や目次などから判断して数冊選び出す。第二ラウンドでは、自分と他の委員が第一ラウンドで選び出した百〜百五十冊ほどの本を円卓を囲むように腰掛けて、もう少しじっくり味見する。まえがき、あとがきに目を通し、本文を何カ所か拾い読みする。第三ラウンドでは、全員が味見を済ませた一冊々々について、取り上げるべきか否か意見を交わし、すんなり通る場合もあれば、侃々諤々《かんかんがくがく》の議論になって、票決の結果、却下されることもある。

私が、『受難』に出会ったのも、姫野カオルコという著者の存在を知ったのも、一九九七年四月の書評委員会第二ラウンドでのこの時が初めて。何の期待もせずに一ページ目に目を走らせるや、本文冒頭に記した事態になったのである。すでに約一年半にわたって書評委員会に出席していた私は五千冊近くの本のテイスティングをしていたはずなのだが、こんな風にのっけから激しい腹筋の蠕動《ぜんどう》運動をさせられたのは、空前だった。

修道院育ちのフランチェス子は、在宅プログラマーとして、ひっそりと質素な生活をおくっている。彼女には「男性をひきつけるものがまったく欠落していて」男たちは彼女がそばにくるとやたら冷静な気分になって、「チンチンが懺悔しはじめる」。

当然のことながら、三十を過ぎた今でも処女である彼女の膣に、ある日人面瘡が棲みついてしまった。「古賀さん」と彼女が名付けた、恐ろしく口がたっしゃで意地悪な人面瘡は日夜彼女を罵倒する。「おまえは羊にも劣る、蒟蒻《こんにゃく》にも劣る、南極2号にも劣る」……要するに女として無価値であると。

「エッ、何ですか、そのヒメノオマンッじゃなくてヒメノオカルコというのは……」委員の一人は明らかに、著者の名前に過剰反応している。本を読む前から一部の読者に顰蹙《ひんしゅく》を買ってしまうインパクト。一度聞いたら忘れられない奇妙な名前。ちなみに姫野カオルコ自身が、筆名の由来を次のように卓抜に説明している。

「私の筆名であるカオルコというのは、オカルトとオマンコとコミカルに似ているからつけた。それでいいや。それがいいや。そう思って、香子《きょうこ》という自分の名前を片仮名にしたのである。小説を書くということは世間からすれば、オカルトでオマンコでコミカルな、そんなものだと思うのである」（文藝春秋「本の話」より）

もちろんその時点では、まだそんな裏事情を知らなかった私だが、著者のけったいな命名癖と、フランチェス子が自分の膣に棲み着いた人面瘡と繰り広げる、どつき漫才のようなやりとりが、可笑しくて可笑しくてケタケタケタケタその場で笑い続けたのだった。それに呆気にとられてか、先ほど否定的な反応を示した某委員の口からはそれ以上何も発せられることなく、第三ラウンドで本書を取り上げたいという私の申し出は驚くほど抵抗無く受け容れられたのだった。

「フフフフヘヘヘヘ」

どうしても、本から目を離せなくなってしまい、その日は、新聞社が出してくれたハイヤーの薄暗がりの中で、運転手さんが気にして何度も振り返るのを知りつつ、のたうち回って笑い転げながらページをめくり、自宅に帰り着いた時には読み終えていた。

「古賀さん」にかすかな自信まで完膚無きまでに叩きのめされながらも、フランチェスコは贅沢を慎み神に感謝し、他人の幸せを自分の喜びとするけなげな生き方をつづける。だがこの奇妙な同棲は、彼女の日常に一種のハリと変化をもたらす……。

目にはウッスラと涙。一行目から最後のピリオドまで絶え間なく笑い続けてきたのと、最後の奇想天外な（おとぎ話「蛙の王子」を彷彿とさせる）オチにホロリとさせられたせいだ。何だかこの最後のところで、身も心も洗われたような気分になる。そして、全編を通して笑い転げたと同じぐらいの悲しみがヒタヒタヒタヒタと押し寄せてくる。この滑稽さと悲しみが渾然一体となった文体については、すでに引用した文章の中で、著者自身が次のように種明かしをしてくれる。

「私は『赤毛のアン』がそばかすに悩んでいることや太宰治が恋人と心中しようと悩んだことが、かっこいい悩みにすぎていっしょに悩めなかった。興味がわかなかった……

（中略）赤毛とそばかすに悩んでいるアンはだれかに相談できそうだが、一日に鼻毛が30センチのびてしまうことに悩んでいる人は、もしそれが思春期の少女だったりすれば他人に相談できないと思う。

『だれにも言えなくて投稿しました。ぼくの睾丸は黒い上に、一カ所、赤いほくろがあるのです』

こんな相談が中学生向けの学習雑誌の悩み相談コーナーには必ずといっていいほどあったものだ。今からすれば笑い話だし、当時だって笑い話だっただろう。しかし滑稽さゆえに、当人は苦しく、悩むのである。かなしみというものは常に滑稽さのなかに寄生している。はかなげな美少女が花粉に粘膜を攻撃されるより、体内にさなだ虫がいて腹を攻撃されるほうが、私はかなしいと思う。滑稽さとかなしみは、愚かな民には表裏一体であることを知ることが、絶対である神ではない者の謙虚さであると思うのだ」（前掲誌より）

それにしても、なんて不思議な読後感。放送禁止用語とパロディが悪のりと思えるほど溢れかえる文面なのに、いつのまにか著者のかなり生真面目な哲学的とでも形容すべき問題意識に引きずり込まれている自分がいる。そもそも幸せとは、美しいとは、男にもてるとは、いったいどういうことなのか。フランチェスコ子の生活と「古賀さん」との対話を通して、この万人にとって永遠にして切実なテーマに、著者は迫っていく。その筆は、あくまでも軽やかで、ユーモラス。あきれかえるほど率直。

共同体が崩壊し、人間関係がますます希薄になるのと並行して、性情報が氾濫する現代における性愛の可能性を探るのに、人面瘡とは何と秀逸なアイディアだろう。世間一般の常識的性愛観に対する違和感、異議申し立てを表すのに、対話という形は、多様な、時には矛盾する意見が入り込み、複眼的なアプローチを可能にした。

あるいは、圧倒的な物量で押し寄せる消費文明を前に魂の安静を保つ方法についても、フランチェス子という主人公の生き方を通して、ヒントを与えてくれている。

十二世紀はイタリア中部、アッシジの素封家に生まれた青年フランチェスコが、ある日、聖書を読んで、「なにもかもを捨てて、荒れ野の教会に暮らすようになった。自分はなにひとつ所有せず、ぼろ布だけをまとい、やぶれてきたら繕ってまたまとい、病む人、貧しい人の世話をして、聖書を読んで、そうして暮らした」「フランチェスコも、ぼろ布をまとい、お尻を出して裸同然で教会に立ったときには人々からゲラゲラ笑われたが、彼は謙虚で心はやすらかであった。彼の内部にはどのような幸いが積もっていったのだろうか、その幸いを全身で受けるためにどのように自己を克服したのだろうか。彼の崇高な境地に至るのは、私などにはとうてい不可能だが、それでも、聖フランチェスコの足の裏のちょこっとくらいの部分が現代に生まれ変わったらフランチェス子ちゃんのようになるのではないかと思い、書いた物語である」（前掲誌より）

頻繁に同じ文章を引用して申し訳ない。的確に余すところなく本書の魅力と著者の意図を表しているので、ほんとうは私がこうして駄文を書き連ねるよりも全文引用したいくらいなのを、これでも禁欲しているのだ。

とにかく、この日を境に、私は姫野カオルコの虜になった。こんなすごい作家を今まで知らなかったことが、巨大な損失のように思われて悔しく、行きつけの書店に彼女の著作を片っ端からかき集めるよう依頼した。その結果、さらに魅了されてしまった。姫野カオルコのすべての作品を貫く魅力とは何か。それを私なりに整理してみた。

①性愛と男女関係に関する世の中の常識に対する強烈な違和感をパラノイアチックにしつこく抱き続けていること。このしつこさは一種の才能だ。

②この現状に対する違和感や不満をケチな内輪の笑いに陥らせることなく、さまざまな文学的方法を駆使して突き放し、腹の底から笑わせてくれること。

③伝統的道徳とも、フェミニズムとも一線を画す独特の倫理観。幼少時をキリスト教施設で過ごした著者は、当然キリスト教的倫理観に影響されてはいるものの、決してそれだけでは括れない、おそらく世界中で彼女しか持っていないだろう倫理観。

④この自己の倫理観をも、それを体現する登場人物をも戯画化して笑わせてくれるので、押しつけがましさが微塵もない。
⑤自分のセンスや感性（これも貴重な天分だが、多くの場合、不勉強の代名詞）だけに頼らない教養の厚みと取材力（これは書き手としての長寿命の保障）。
⑥その教養だが、漫画、テレビ、AVなどのマス・カルチャーからいわゆる真面目な芸術、文学、聖書にいたるまで、ダボハゼのように見境なく無差別に呑み込んでいる。
⑦今の時代の病を自分のものとして引き受け、生き生きと写し取っている。
⑧⑥のおかげもあって、⑦が可能な文体を創り上げている。
⑨視野が広いのだが、高みから見下すのではなく、普通の人の目線の低さを忘れない。
⑩おそらく⑨からくる旺盛なサービス精神と②からくる清々《すがすが》しい高潔さ。
⑪一切の欺瞞を剝いで真実に迫ろうとするとき、まず己をも例外とせず、向こう見ずに率直である。試みに、彼女のエッセイ『ガラスの仮面の告白』を読んでごらんになるといい。肝っ玉の据わり具合に度肝を抜かれること請け合おうではないか。
⑫ストーリーで読者を引っ張っていくものの、何度読んでも面白い。

というわけで、一九九七年上半期の第一一七回直木賞にこの作品がノミネートされたときは、当確間違いなしと信じて疑わなかった。そうならなかったことを、今でも不満に思っている。何たる不覚だったと、選考委員の先生方が後悔する日も近いことだろう。ただし、不覚といえば、この作品を最初に掲載したのが、『文學界』ではなく、『オール讀物』だったのも、芥川賞候補ではなく直木賞候補になったのも、編集者の、あるいは著者本人の不手際なのではないか、営業畑の選択に間違いがあったのではという思いはある。現に、直木賞の選評で五木寛之氏は、『受難』は芥川賞向きだと言っておられた。

純文学と大衆文学との境界線はどんどん判然としなくなってきていて、分類そのものが無意味という気もするが、それでも、「いつかどこかで読んだような小説」を対象にするのが直木賞ならば、「今まで一度もお目にかかったことがないような小説」を対象にするのが、芥川賞なのではなかったかしら。文体も内容も、「社会の趣味への平手打ち」(マヤコフスキー)を喰らわす作品という点では、『受難』は純文学に分類される気がする。だって、古今東西人類は無数の恋物語を紡いできたけれど、『受難』を読んだ後は、それらがいずれも別な楽器で奏でられるものの同じメロディに聞こえてくるのだから。

いや、マヤコフスキーの名前を出したところで、一九一七年のロシア革命前後に未来派や構成主義アートの芸術家たちが打ち出した美意識が、姫野カオルコの倫理観に相通ずることに気付かされた。革命は社会、経済だけでなく、伝統的な家庭、風俗、性倫理をも激震させる。それに乗じて一気呵成に性愛のあり方を根底から刷新しようとした彼等は、陳腐化した隠微で面倒な手続きをともなう伝統的な男女関係を退け、欲望にも異性にも率直で単刀直入な女性像を理想とする。「性欲＝一杯の水」論（女流革命家コロンタイの小説『働き蜂の恋』で打ち出された身も蓋もない性愛論。セックスは喉の渇きを癒す一杯の水のようなものであるから、その場限りで一向に構わないという恋愛、結婚に対する幻想をうち砕く説）が世界の善男善女に衝撃を与えたのもこの頃である。ただし、彼等の打ち出すかくあるべき美のスローガンは、二十世紀初頭のロシア社会で、あまりにも圧倒的多数の人々の生活意識から浮いていて無理があり、目を釣り上げヒステリックにわめく感が否めない。革命の熱狂の中で一世を風靡した斬新な倫理観は、またたくまに旧態依然とした男女関係に駆逐され、忘れ去られた。

ところが、『受難』だけでなく、それ以前に書かれた作品群、とくに『不倫（レンタル）』や、その後上梓された『整形美女』、『サイケ』において、常にキイノートとして響き続ける、彼等のそれと極めてよく似た姫野カオルコの性愛観は、同じように過激で根元的でありながら、自然で滑稽で悲しみに満ちている。彼女の倫理観を体現する愛すべき女性主人公たちに惹かれる人は少なくない。彼女が構築する物語世界のおかげもあるが、それよりも何よりも一世紀近くを経て、十月革命がもたらした激変をはるかに上回るパラダイムそのものの変化を、世界と私たち人間が被ったせいかもしれない。それを姫野カオルコは敏感に察知し作品化してくれている、ということなのだろう。

（エッセイスト・ロシア語同時通訳）

初出誌　オール讀物'95年6月・'96年4月・9月・12月号
単行本　'97年4月　文藝春秋刊

文春文庫

受《じゅ》難《なん》

定価はカバーに
表示してあります

2002年3月10日　第1刷
2014年1月25日　第3刷

著　者　姫《ひめ》野《の》カオルコ
発行者　羽鳥好之
発行所　株式会社 文藝春秋

東京都千代田区紀尾井町 3-23　〒102-8008
TEL 03・3265・1211
文藝春秋ホームページ　http://www.bunshun.co.jp

落丁、乱丁本は、お手数ですが小社製作部宛お送り下さい。送料小社負担でお取替致します。

印刷・凸版印刷　製本・加藤製本
Printed in Japan
ISBN978-4-16-765628-7

（　）内は解説者。品切の節はご容赦下さい。

東野圭吾
手紙
兄は強盗殺人の罪で服役中。弟のもとには月に一度、獄中から手紙が届く。だが、弟が幸せを掴もうとするたび苛酷な運命が立ち塞がる。爆発的ヒットを記録したベストセラー。（井上夢人）
ひ-13-6

姫野カオルコ
受難
修道院育ちの汚れなき処女・フランチェス子と、その秘所にとりついた人面瘡・古賀さんの奇妙な共棲！　現代人の性の不毛を見つめるクールな視線が冴え渡る傑作小説。（米原万里）
ひ-14-1

姫野カオルコ
ハルカ・エイティ
大正に生まれ、見合い結婚で大阪に嫁ぎ、戦火をくぐり、戦後の自由な時代の波に乗り……。平凡な少女はいつも前向きに、魅力を開花させていく。直木賞候補の傑作長篇。（山形孝夫）
ひ-14-3

ヒキタクニオ
ペルフェクション
精神と肉体の限界が試される過酷なバレエ・コンクール、ペルフェクション。その頂点に立ち続ける勝者に、魔の手が静かに忍び寄る。女優・米倉涼子と著者によるオリジナル対談収録。
ひ-16-4

藤本ひとみ
ハプスブルクの宝剣（上下）
十八世紀前半のヨーロッパ戦国時代、ハプスブルクと女帝マリア・テレジアを支えた隻眼の青年がいた。野望と挫折、絶望と再生のドラマをダイナミックに描く傑作大河ロマン。（山内昌之）
ふ-13-1

藤本ひとみ
侯爵サド
精神病院で放縦な生活を送るサド。病院での治療を主張する理事長と、牢獄へ送ろうとする院長の対立は審問の場へと持ち込まれる。サドは狂人か犯罪者か性の先駆者なのか？（鹿島　茂）
ふ-13-4

藤田宜永
左腕の猫
飼い猫に深い愛情を示すほかは無味乾燥な生活を送る女に惹かれた男。温かくも儚い関係を描いた表題作「左腕の猫」を含め、様々な男女の情景にいる猫を描いた六篇を収録。（朝山　実）
ふ-14-7

藤原伊織
ダナエ

世界的な評価を得た画家・宇佐美の絵が、切り裂かれたうえ硫酸をかけられた。犯人は「これは予行演習だ」と告げるが——。著者の代表作ともいえる傑作。表題作ほか二篇収録。（小池真理子）

ふ-16-5

藤原伊織
名残り火　てのひらの闇Ⅱ

堀江の無二の親友・柿島がオヤジ狩りに遭い殺された。納得がいかない堀江は調査に乗り出し、事件そのものに疑問を覚える。著者最後の長篇ミステリー。（逢坂　剛・吉野　仁）

ふ-16-6

船戸与一
新宿・夏の死

バブル崩壊後の日本の混沌と閉塞を象徴する街・新宿。真夏の灼熱のなか、そこでうごめく人間たちが直面する苛酷な現実。「夏の残光」「夏の曙」など異色中篇八本を収録。（関口苑生）

ふ-23-1

船戸与一
夢は荒れ地を

自衛官の楢本は、八年間行方不明の元同僚・越路を捜しにカンボジアに来た。越路を捜す間、楢本は人身売買、汚職、売春にまみれたカンボジアの現実に直面する。著者待望のハードロマン。

ふ-23-2

古川日出男
ベルカ、吠えないのか？

日本軍が撤収した後、キスカ島にとり残された四頭の軍用犬。彼らを始祖として交配と混血を繰り返し繁殖した無数のイヌが、あらゆる境界を越え、〝戦争の世紀＝二十世紀〟を駆け抜ける。

ふ-25-2

福井晴敏
Op.《オペレーション》ローズダスト（全三冊）

都心でテロを起こした「ローズダスト」のリーダー、入江と彼を追う防衛庁の丹原。彼らには深い因縁が。テロリストとの攻防を迫力ある筆致で描くアクション大作。（北上次郎・橋爪紳也）

ふ-27-1

福澤徹三
Iターン

広告代理店の冴えない営業・狛江が単身赴任したのはリストラ寸前の北九州支店。待っていたのは借金地獄にヤクザの抗争。もんどりうって辿りつく、男の姿とは!?（木内　昇）

ふ-35-1

（　）内は解説者。品切の節はご容赦下さい。

誉田《ほんだ》哲也
武士道シックスティーン
日舞から剣道に転向した柔の早苗と、剣道一筋、剛の香織。勝ち負けとは？　真の強さとは？　青春時代を剣道にかける女子をみずみずしく描く痛快・青春エンターテインメント。（金原瑞人）
ほ-15-1

誉田哲也
武士道セブンティーン
スポーツと剣道、暴力と剣道の狭間で揺れる17歳、柔の早苗と剛の香織。横浜と福岡に分かれた二人は、別々に武士道とは何かを追い求めてゆく。「武士道」シリーズ第二巻。（藤田香織）
ほ-15-3

誉田哲也
武士道エイティーン
福岡と神奈川で、互いに武士道を極めた早苗と香織が、最後のインターハイで、激突。その後に立ち塞がる進路問題。二人の女子高生が下した決断とは。武士道シリーズ、第三巻。（有川　浩）
ほ-15-4

万城目　学
プリンセス・トヨトミ
東京から来た会計検査院調査官三人と大阪下町育ちの少年少女が、四百年にわたる歴史の封印を解く時、大阪が全停止する!?　万城目ワールド真骨頂。大阪を巡るエッセイも巻末収録。
ま-24-2

水木　楊
北京炎上
二〇一四年、中国。新聞社の特派員・田波は、重慶の暴動を知り現地に赴く。それは策謀渦巻く中国の闇への入り口だった。綿密な取材に基づいて描かれた近未来小説の決定版。（秋田浩之）
み-21-3

三羽省吾
厭世フレーバー
父親が失踪。次男十四歳は部活を、長女十七歳は優等生を、長男二十七歳は会社をやめた。母四十二歳は酒浸り、祖父七十三歳はボケ進行中。家族の崩壊と再生をポップに描く。（角田光代）
み-31-2

三羽省吾
路地裏ビルヂング
おんぼろ「辻堂ビルヂング」は変な店子ぞろい。同じ小さなビルの中で働きながら、それぞれの人生とすれちがう小さな奇跡。あたたかな気持ちになれる連作短篇集。（津村記久子）
み-31-3

光原百合
鯰江光二 絵
星月夜の夢がたり

遠い昔の思い出や、幼い頃に聞いたお伽噺、切ない恋の記憶。ミステリーの名手としても知られる著者の原点である三十二篇の物語を、美しいイラストで彩った宝石箱のような絵本。

み-34-1

光原百合
扉守
潮ノ道の旅人

帰ってくる死者、絵の中の少年、拗ねたピアノ。人々と幻想が共に生きる瀬戸内の海と山に囲まれた懐かしい町・潮ノ道には小さな奇跡が溢れている。第一回広島本大賞受賞。（児玉憲宗）

み-34-2

水野敬也
雨の日も、晴れ男

二人の幼い神のいたずらで不幸な出来事が次々起こるアレックスだが、どんな不幸に見舞われても前向きに生きていく……人生で一番大切な事は何かを教えてくれる感動の自己啓発小説。

み-35-1

三浦しをん
まほろ駅前多田便利軒

東京郊外〝まほろ市〟で便利屋を営む多田のもとに、高校時代の同級生・行天が転がりこんだ。通常の依頼のはずが彼らにかかると、ややこしい事態が出来《しゅったい》して。直木賞受賞作。（鴻巣友季子）

み-36-1

三浦しをん
まほろ駅前番外地

東京郊外のまほろ市で便利屋を営む多田と行天。汚部屋清掃、遺品整理に子守も多田便利軒が承ります。まほろの愉快な奴らが帰ってきた！　七編のスピンアウトストーリー。（池田真紀子）

み-36-2

群 ようこ
挑む女

編集者、家事手伝い、子持ちの主婦にお気楽ＯＬ。年齢も立場もバラバラな女四人が、今の生活を変えようと動きだした。それぞれの生活と奮闘ぶりをユーモアたっぷりに描く痛快小説。

む-4-9

村山由佳
星々の舟

禁断の恋に悩む兄妹、他人の恋人ばかり好きになる末っ子、居場所を探す団塊世代の長兄、そして父は戦争の傷痕を抱えて――愛とは、家族とはなにか。心震える感動の直木賞受賞作。

む-13-1

（　）内は解説者。品切の節はご容赦下さい。

村山由佳
ダブル・ファンタジー　（上下）
女としての人生が終わる前に性愛を極める恋がしてみたい。三十五歳の脚本家・高遠奈津の性の彷徨が問いかける夫婦、男、自分自身。文学賞を総なめにした衝撃的な官能の物語。（藤田宜永）
む-13-3

諸田玲子
木もれ陽の街で
昭和二十六年、恋はまだひそやかな冒険だった。丸の内に勤める公子は、画家の片岡に惹かれるが……。向田邦子をこよなく愛する著者が初めて描いた、昭和の恋の物語。（川本三郎）
も-18-5

森　絵都
カラフル
生前の罪により僕の魂は輪廻サイクルから外されたが、天使業界の抽選に当たり再挑戦のチャンスを得る。それは自殺を図った少年の体へのホームステイから始まって……。（阿川佐和子）
も-20-1

森　絵都
風に舞いあがるビニールシート
自分だけの価値観を守り、お金よりも大切な何かのために懸命に生きる人々を描いた、著者ならではの短編小説集。あたたかくて力強い6篇を収める。第一三五回直木賞受賞作。（藤田香織）
も-20-3

森　絵都
架空の球を追う
生きている限り面倒事はつきまとう。でも、それも案外わるくないと思える瞬間がある。日常のさりげない光景から人生の可笑しさを切り取った、とっておきの十一篇。（白石公子）
も-20-4

森　博嗣
少し変わった子あります
都会の片隅のそのお店は、訪れるたびに場所がかわり、違った女性が相伴してくれるいっぷう変わったレストラン。そこで出会った一人の女性に私は惹かれていくのだが。（中江有里）
も-22-2

森　博嗣
STAR SALAD
星の玉子さま2
好評『STAR　EGG』に続く、書き下ろし絵本。今回は野菜と果物の星をめぐる玉子さんと愛犬ジュペリの旅。知のはじまりは世界を自由にみつめる眼差しだということを実感できる。
も-22-3

矢作俊彦
ららら科學の子
殺人未遂に問われ、中国へ逃亡した男が三十年ぶりに日本に帰還した。五十歳の少年は、一九六八年の『今』と未来世紀の東京を二本の足で飛翔する――。話題沸騰の三島由紀夫賞受賞作。
や-33-2

矢作俊彦
悲劇週間 SEMANA TRAGICA
詩人でありフランス文学の名翻訳者である堀口大學の青春回想記の形を取った一大ロマン。二十歳の大學は父の任地メキシコに呼ばれ、かの地の革命の只中を颯爽と生きる。（池澤夏樹）
や-33-3

山本文緒
プラナリア
乳がんの手術以来、何もかも面倒くさい二十五歳の春香。矛盾する自分に疲れ果てるが出口は見えない――。現代の〝無職〟をめぐる心模様を描いたベストセラー短篇集。直木賞受賞作。
や-35-1

山本文緒
群青の夜の羽毛布
丘の上の家で暮らす不思議な女性に惹かれる大学生の鉄男。彼女は母親に怯え、他人とうまく付き合えない――。恋愛の先にある家族の濃い闇を描き、熱狂的に支持された傑作長篇。
や-35-2

山本幸久
凸凹《でこぼこ》デイズ
エロ雑誌もスーパーのチラシもなんでもござれ、弱小デザイン事務所〝凹組〟に未曾有のチャンス？　遊園地のリニューアル、成功なるか。キュートなオシゴト系小説。（三浦しをん）
や-42-1

山本幸久
カイシャデイズ
内装会社を舞台に、強面だが人望厚い営業チーフ、いつも作業着姿の施工監理部員、奇想天外なデザイナーと同僚たちが、情熱一杯に働く姿を描いたオシゴト系小説の大傑作！（川端裕人）
や-42-2

山本甲士
わらの人
不思議な理容店で女主人の巧みなマッサージに眠りこみ、とんでもない髪形に。やがて気持ちのほうも強くなってきて日々のリベンジを果たす主人公達。痛快な変身譚六話。（香山二三郎）
や-45-1

（　）内は解説者。品切の節はご容赦下さい。

夢枕　獏
鮎師
小田原を流れる早川の淵に棲むという六十センチを超す巨大鮎に取り憑かれた二人の男。巨大鮎をなんとか釣ろうと格闘する姿をスリリングな筆致で描いた幻の傑作が文春文庫に登場。
ゆ-2-14

夢枕　獏
空手道ビジネスマンクラス練馬支部
飲んだ帰りにヤクザに絡まれてしまった中年男、木原は一念発起して練馬の空手道場の門を叩く。夢とは？　真の強さとは？「強くなりたい」と願う、すべての男に贈る痛快格闘技小説。
ゆ-2-23

柚木麻子
終点のあの子
女子高に内部進学した希代子は高校から入学した風変わりな朱里が気になって仕方ない。お昼を食べる仲になった矢先、二人に変化が……。繊細な描写が絶賛されたデビュー作。（瀧井朝世）
ゆ-9-1

吉田篤弘
空ばかり見ていた
小さな町で床屋を営むホクトは、ある日、鋏ひとつを鞄におさめ、好きな場所で好きな人の髪を切るために、自由気ままなあてのない旅に出た……。流浪の床屋をめぐる十二のものがたり。
よ-28-1

吉田修一・角田光代・石田衣良・谷村志穂
甘糟りり子・林　望・片岡義男・川上弘美
あなたと、どこかへ。
ここではない、どこかへ。あなたと、ふたりで。かつての愛を、あるいはいまの熱い愛を確かめに、ドライブに行こう。八人の人気作家による、八つの愛のかたちを描く短篇小説アンソロジー。
編-2-36

銀座百点　編
銀座24の物語
短篇小説のアンソロジーでここまで豪華な顔ぶれの作家陣の競作は他に例をみない。出会い、愛、友情、死……24人の作家が銀座を舞台に各々の切り口で描き出す贅沢な一冊。（松　たか子）
編-16-1

阿川佐和子・石田衣良・角田光代ほか
あなたに、大切な香りの記憶はありますか？
「あなたには決して忘れない香りの記憶がありますか？」人間の記憶の中で〝香り〟は一番忘れ難いもの。遠いあの日を想い出す八人の作家が描く〝香り〟を題材にした短篇小説集。
編-20-3

あさのあつこ
あした吹く風
17歳の少年と34歳の女性歯科医。心を焦がし、求めてやまない相手に出会ってしまった――。閉ざしていた心を解き放つ二人の恋を描いた、著者待望の本格恋愛小説。（青木千恵）
あ-43-7

甘糟りり子
真空管
「他の男とセックスして、おれに報告してくれよ」――。ジャーナリストの緑川有里《あり》は、愛する男の屈折した要求に、身近な男と次々に肉体を交わす。愛おしいまでに哀しい純愛長篇小説。

あ-53-1

宇佐美 游
水着のヴィーナス
退屈な日常、危険な恋、そして衝撃の結末……。スポーツクラブに通う女たちのひそやかな悪意と、危険なアバンチュールの結末を鮮やかに描いた表題作他、六つの恋愛短篇集。（藤田香織）
う-21-2

川上弘美
溺レる
重ねあった盃。並んで歩いた道。そして、ふたり身を投げた海。過ぎてゆく恋の一瞬を惜しみ、時間さえ超える愛のすがたを描く傑作短篇集。女流文学賞・伊藤整文学賞受賞。（種村季弘）
か-21-2

川上弘美
センセイの鞄
駅前の居酒屋で偶然、二十年ぶりに高校の恩師と再会したツキコさん。その歳の離れたセンセイとの、切なく、悲しく、あたたかい恋模様。谷崎潤一郎賞受賞の大ベストセラー。（木田　元）
か-21-3

角田光代
太陽と毒ぐも
もしもあなたの彼女が風呂嫌いだったら？　彼が物欲の鬼だったら？　大好きなのに、許せないことがある。恋人たちの日常と小さな諍いを描く、キュートな恋愛短篇集。（池上冬樹）
か-32-4

角田光代
それもまたちいさな光
幼なじみの雄大と宙ぶらりんな関係を続ける仁絵。しかし、二人には恋愛に踏み込めない理由があった……。仕事でも恋愛でも岐路にたたされた女性たちにエールを贈るラブ・ストーリー。

か-32-8